転生したら皇帝でした

~生まれながらの皇帝はこの先生き残れるか~

7

魔石の硬さ
イラスト：柴乃櫂人

TOブックス

⑰
⑱
⑲
⑳
㉑
㉒
㉓
㉔
㉕
旧リンブタット領
㉖
㉗
㉘
㉙
大タブレン島
小タブレン島
⑰ テイワ皇国
⑱ ウィンル大侯国
⑲ メザーネ伯国
⑳ フィクマ大公国
㉑ プルブンシュバーク王国
㉒ メザーネ王国
㉓ イリイー王国
㉔ ファツラウ王国
㉕ リンブタット王国
㉖ アサン王国
㉗ ドレッズ公国
㉘ スコルゴート王国
㉙ ルーアム王国
旧国境
山岳地形のため国境未画定
自治領境界
紛争中につき国境未画定。(463年時点の前線)
紛争中につき国境未画定。(460年時点の前線)

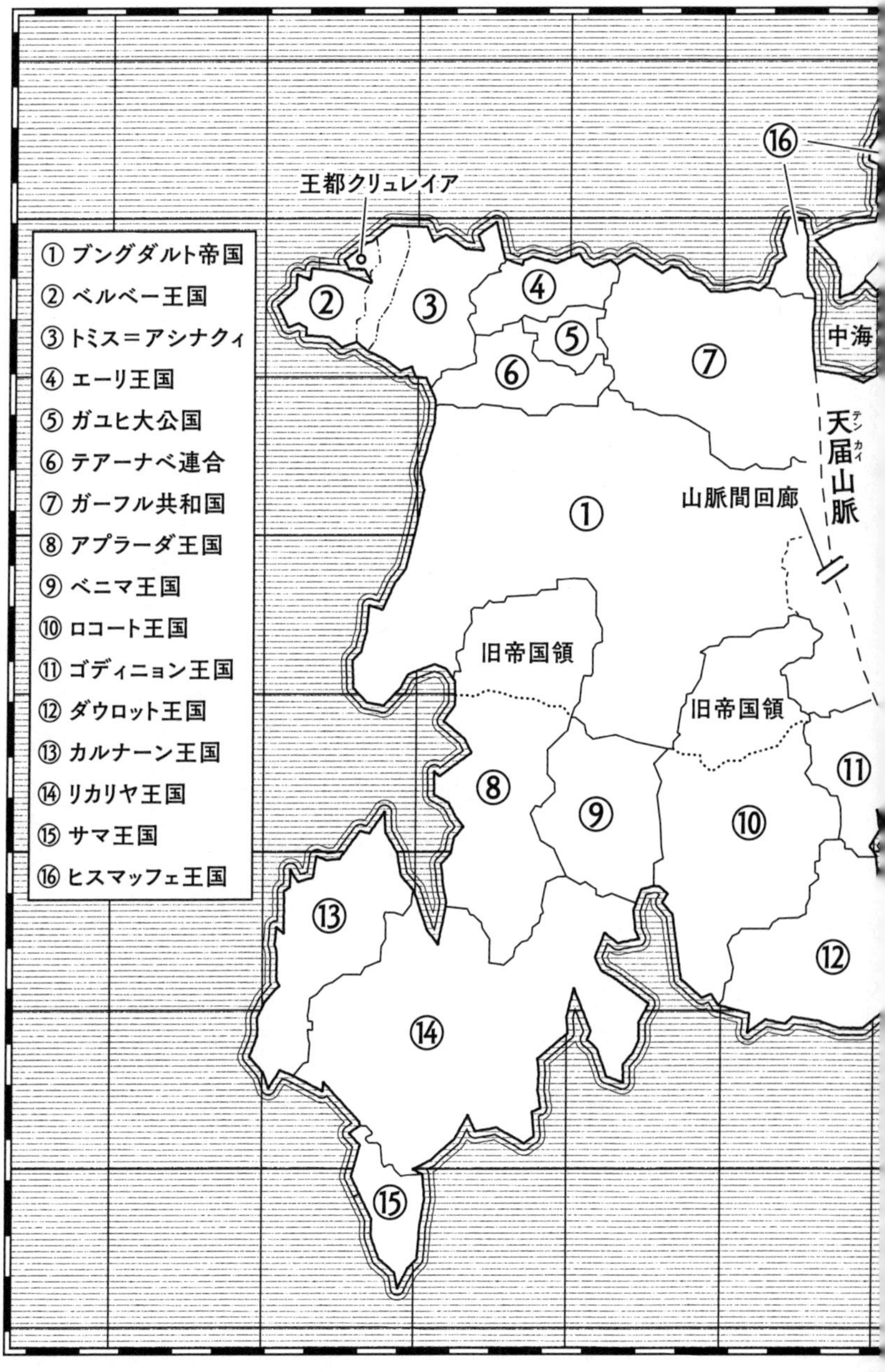
王都クリュレイア
① ブングダルト帝国
② ベルベー王国
③ トミス＝アシナクィ
④ エーリ王国
⑤ ガユヒ大公国
⑥ テアーナベ連合
⑦ ガーフル共和国
⑧ アプラーダ王国
⑨ ベニマ王国
⑩ ロコート王国
⑪ ゴディニョン王国
⑫ ダウロット王国
⑬ カルナーン王国
⑭ リカリヤ王国
⑮ サマ王国
⑯ ヒスマッフェ王国
中海
天《テン》届《カイ》山脈
山脈間回廊
旧帝国領
旧帝国領

第十章 ◇ 皇王亡命編

イラスト：柴乃櫂人　デザイン：Veia

登場人物

ブングダルト帝国

皇帝派

カーマイン

本作の主人公。暗殺待ったなしの傀儡皇帝に転生した。10年の時を経て、悪徳貴族を粛清し親政を開始した。

ロザリア

ベルベー王国第一王女で、カーマインの婚約者。カーマインの本性に気づくも、持ち前の知性で献身的に彼を支えている。

ヴォデッド宮中伯

帝国の密偵を束ねる「ロタールの守り人」。カーマインに協力するが、狂信的な部分もあり、警戒されている。

ティモナ

主人公の側仕人。初めは幼帝に対し警戒心を抱いていたが、ある日を境に「カーマイン信者」のように仕えている。

対立

バルタザール

近衛兵の数少ない戦力。かつての主人にカーマインを重ねて仕えている。

ワルン公

根っからの軍人で、元元帥。二大貴族粛清の切っ掛けを作った。

ダニエル

転生者を保護する老エルフ。転生者が君主となるのを淡々と待ち望んでいた。

摂政派

アキカール公

貿易による莫大な収益で娘を皇太子妃にして式部卿になった。即位式でカーマインに粛清された。

アクレシア

カーマインの母親で摂政。カーマインの演技に油断している。

ナディーヌ

ワルン公の娘。通称『茨公女』。カーマインにややきつく当たるが、本当は彼の身を案じている。

ヴェラ

チャムノ伯の娘。卓越した魔法の才能をもつ。

対立

宰相派

ラウル公

まるで自分が帝国の支配者かのように振舞う宰相。即位式でカーマインに粛清された。

対立

第十章　皇王亡命編

プロローグ

旧ヘアド・トレ侯領、現ロコート王国王領ヘアド。この地の東にはゴティロワ族の領地が存在しており、彼らが帝国軍の一部として参戦する今回の戦争において、この地はロコート王国軍が死守するべき拠点の一つであった。

当然、ロコート王国側も警戒していた。この地を突破されてしまえば、最前線で戦っている部隊の退路が断たれ、敵中で孤立する恐れもあるからだ。だからロコート王国軍はこの地に十分な戦力を配置し、さらには拠点の要塞化まで行っていた。

だが、それでも彼らは敗れた。結果、ロコート王国軍はこの地を放棄し敗走することとなり、要塞化された拠点もゴティロワ族の兵士によって陥落したのだった。

そうなった原因は大きく分けて三つ。一つはロコート王国側にゴティロワ族についての情報があまりに少なかったこと。派手な魔法もなく銃火器も使わない蛮族《ばんぞく》であるとしか知られていなかったのである。

実際、ゴティロワ族は長い間、銃火器への対応に苦労していた。そのため、銃火器が普及してからの戦争においてゴティロワ族は帝国側で参戦することも少なかった。それが情報の不足という結果を招いたのだった。

もう一つはゴティロワ族長が本当に帝国軍の指揮を執っていたということ。ロコート王国側は、ゴティロワ族長を将軍としているのは皇帝がゴティロワ族を参戦させるための方便であり、実際は別の貴族が指揮を執っているのだろうと見誤っていたのだ。

これまでも帝国軍にゴティロワ族が派兵される際は、帝国軍の一部としてその指揮下に入ることが通例であった。これはゴティロワ族という部族が、『蛮族』として扱われており、帝国軍として戦う際は序列を低く扱われたためである。そのため、得意な戦法で戦えることも少なく、その力を最大限に発揮できなかったのだ。

そしてカーマインが親政を開始してからも、ゴティロワ族は傭兵のような扱いで戦わされることが多かった。故に、ロコート王国は「帝国軍の戦い方」への対策ばかりで、「ゴティロワ兵の戦い方」への対策は疎かだったのだ。

シュラン丘陵で皇帝とラウル僭称公が雌雄を決する前に、ラウル軍が尽く消耗させられたゴティロワ族の戦い方……それに対する調査が甘かったのだ。


そして最後の誤算、それは……相手がただのゴティロワ族長ではなく、ゲーナディィエッフェであったということだ。

彼が生まれた当時、ゴティロワ族は南北に分裂し、激しく争っていた。これはゴティロワ王の氏族が他の氏族も巻き込み南北に分裂したためであり、ある種の南北朝時代を形成していたのだ。

そんな中、北ゴティロワ族の族長……王の一族に生まれたゲーナディエッフェは、若くして軍を率い南ゴティロワ族を平定してしまう。さらにその功を疎んじ排除しようとした北ゴティロワ族長に対して反乱を起こし、勝利して北ゴティロワ族すらも平定した。

ゲーナディエッフェは、確かに族長一族の生まれではあるが、その統一は血筋によってではなく、自身のカリスマと勝利によって成したものである。それも、なんと二十代のうちに全てを終わらせたのだ。

ゲーナディエッフェは、正に傑物であった。そんな男によって率いられたゴティロワ軍は、帝国内において最強の軍団の一つになっていた。

＊＊＊

激しい戦闘の末、勝利を収めたゴティロワ族。その族長であるゲーナディエッフェは将兵の休むテントから一人離れ、伝令からの報告に耳を傾けていた。

そんな彼の傍に一人の少女がやってきた。その時、ちょうど全ての報告を終えた伝令は、ゲーナディエッフェに深々と頭を下げた。それから、入れ替わるように近づく少女……ゲーナディエッフェと同じ色の目をした少女にも一礼すると、足音もなくその場を離れていった。

「どこの伝令？　随分と礼儀正しいけど」

帝国人にしては……というより、聖一教徒にしては珍しい反応に驚いた少女は、ゲーナディィエッフェにそう尋ねた。

「『ロタールの守り人』の生き残りだ。そもそも聖一教徒かどうかすら怪しい連中だろう」

「ふーん。じゃあ密偵なんだ？」

その男は確かに伝令の格好をしていたが、言われてみれば身のこなしが密偵のそれであった。

「密偵の中でも上澄みだろうなぁ。それも、ヴォデッド宮中伯の意を完全に汲み取れる者しか残ってねぇと思うぞ」

それ以外はみんな宮中伯が殺しちまったんだろう、とゲーナディィエッフェは心の中で続けた。

今生き残っているのは宮中伯の忠実な手足のみ。そして宮中伯は皇帝の意思に従う。彼らがゴティロワ族に敬意をもって接してくるのは、皇帝カーマインがゴティロワ族に一定の敬意を払ってくれているからにすぎない。ゲーナディィエッフェはそのように考えていたのだった。

「まぁいい。連中、帝都に集まった戦況をまとめてこっちにも伝えに来てくれた」

「ここ以外の戦況ね。それで、今のところは順調そうなの？　お爺様」

少女の名前はイルミーノ。ゴティロワ族長の孫娘の一人であった。族長の孫娘ともなればお姫様のように扱われてもおかしくはないのだが、その中でもイルミーノだけは、祖父と同じように戦場に立つ変わり者であった。

「まぁまぁだな。こっち側の三つの戦線は予想の範疇《はんちゅう》」

これは当然のことだろうとゲーナディエッフェは考えていた。なぜなら皇帝カーマインは、ラウル僭称公を討った頃には既に、この戦況になり得ることを予想していたからだ。普通は国内最大のライバルを破ったのだ。喜びで舞い上がるなり、気が緩むなりしてもおかしくはない。特にカーマインはまだ少年と言っていい年齢である。

ところがカーマインは、そこですぐに次の準備をし、アプラーダ・ベニマ・ロコート相手にそれぞれ経験豊富な将を配置した。特にワルン公などはかつて南方三国との戦いにおいて各地を転戦した歴戦の将である。今回の敵はよく勝手の知る相手であり、一方で南方三国に名のある将はいなかった。

当時最前線で帝国相手に善戦した南方三国の名将たちは、もう第一線から退くか、あるいは既に亡くなっていたからだ。

将の差、備えの差からしても、帝国軍が圧倒的に優勢であった。

「問題はガーフルの相手をどうするかだったが……こっちは大勝したらしい。陛下が籠城《ろうじょう》を指揮し、エタエク伯が率いる別働隊が敵を壊滅させたとさ」

皇帝カーマインが前線に赴《おもむ》き、数日で敵を壊滅させた訳だ。文句のつけようがない戦果であり、ゲーナディエッフェは内心、こういうとこも可愛げねぇよな、と皇帝の働きっぷりに肩を竦めるのだった。


ところどころ肌の露出もある軽装な防具に身を固めた少女は、戦闘後の疲労した体を解すように伸ばしながら、祖父に話しかける。

「初めて聞く貴族ね。どういう人なの」

「おう、このエタエク伯ってのはすごいぞ……戦場を支配する才能がある。若ぇのにもう騎兵指揮官としちゃ最高クラスだ。しかも本人も人馬一体《じんばいったい》の戦闘技術の持ち主らしい」

多くの戦場を経験してきたゲーナディエッフェは、この若い才能に興奮した様子だった。

「へぇ」

もっとも、少女にはその興奮が伝わらない。少しの興味も抱いていなさそうな孫娘に、ゲーナディエッフェは呆れた声を上げる。

「お前なぁ、興味ないなら儂《わし》に話を振るな」

「ごめんなさい、自分でもびっくりするくらい興味ない声が出たわ」

でも、と少女は微笑んだ。

「楽しそうね、お爺様」

「おう……面白くなってきた」

やはり自分の勘は間違っていなかったと彼は思った。かつて部族を平定したときのような興奮……それをゲーナディエッフェは、確かに感じ取っていた。

あの日、エルフの企みに乗って初めてカーマインと会ったゲーナディエッフェは、その少年に賭《か》けてみることにした。その判断は今のところ正しかったように思える。

「なぁ、イルミーノ。名君の条件とは何だと思う」

祖父のニヤリとした笑いに、少女は本当に楽しそうだなと思った。

「運かしら。天命みたいな」

「ほう一理あるな。お前は人間としては破綻《はたん》しているが、そういう筋は悪くない」

盛大に人格を否定された少女は、特に気にした様子もなく肩をすくめる。

「だがな、運があったってダメな奴はダメだ。悪運が強いが故に国をダメにした君主なんていくらでもいる」

「先々代の皇帝とかね」

ブングダルト帝国の六代皇帝、彼は異常なまでに悪運が強かった。結局、彼は病死するまで至高の座に居座り続けた。今カーマインがやっていることは、その後始末にすぎない。

「で、正解は？」

「儂が思うに二つある。一つは現場に対し、後方から余計な口出しをしないこと」

最前線にいる将軍の判断に対し、絶対的な権力者が後方から余計な口出しをする……その結果、現場に混乱を招き、取り返しのつかない損害を出す。そういった失敗は古今東西、多くの君主が犯してきた。またこれは、ある程度才覚があり優秀だと言われる君主こそやりがちなミスでもある。

つまり個人としてどれほど優秀な君主であっても、このミスを犯すようでは名君ではない。名君かそれ未満かを判別する分かりやすい基準の一つだと言いたいのだろう。

どうしても口出ししたいなら、自ら現場へと赴けばいい……これがゲーナディエッフェの持論であった。

その点、カーマインは積極的に前線に赴く。その上、一度任せると決めた部分においてはしっかりと家臣に任せる。今回の南方戦線においても、カーマインは三人の指揮官に多くの権限を与え、その判断に委ねている。戦術面はもちろん、作戦面に至るまで現場に一任しているのだ。

「現場の帝国貴族に対する処罰までお爺様に任せてるものね、異民族なのに。今までそんな皇帝いたかしら」

お陰でかなりやりやすい、というのはゲーナディエッフェも感じているところである。蛮族の命令など聞けぬと逆らった貴族も、ゲーナディエッフェの権限で数名見せしめに処刑したところ、言うことを聞くようになった。

ちなみに、命令違反に憤るゴティロワ族の諸将を宥め、現場の判断に任されるだろうと思いつつも、わざわざカーマインに伺いを立てたのはゲーナディエッフェの判断である。こういった政治的な立ち振る舞いもゲーナディエッフェは問題なくできるのである。

「そしてもう一つは部下がそいつのために必死に働くかどうかだ」

ゲーナディエッフェの言葉がいまいちピンときていない様子の孫娘に、彼はさらに続ける。

「動く理由はなんだっていい。それが恐怖でも、恩でも、褒賞でも、庇護欲でもな。重要なのは必死かどうか。つまり臣下が君主のために自分の命を張れるかどうかだ」

極論、皇帝は飾りでもいい。臣下たちが己のためではなく、皇帝のために働くのであれば。

「その点、あの皇帝はよく分かっている」

たとえば宰相や式部卿は、自己利益のために動いた。だからあの皇帝は排除した。一方で、当時反乱を起こしたワルン公は皇帝のために動いた。だから許され、その強力な軍事力を保持させたまま皇帝は彼を懐に抱えた。

「相手によって動かし方まで変えているしな」

有能な大貴族相手には十分な信頼を示し、反抗的な貴族には流血による恐怖で動かす。商人相手には実利を説き、兵士相手にはその身を以《もっ》て先導する。そして民衆相手には、演説と結果で応える。

まるで正解を知っているかのように適切に動く……その姿は恐ろしくすらあった。ゴティロワ族の王たるゲーナディエッフェがそう感じるのだから相当なことである。

「ふぅん。で、お爺様は皇帝のために必死に働いている訳ね?」

「いや、儂はゴティロワの王だから働かせる側だな」

自分もまた提示された「部族の利益」で動かされていることは分かっているが、それを素直に認めないのがゲーナディエッフェという男である。

「……そんな不忠者の命令で吊《つ》るされた兵たちがかわいそうね」

そう言ってイルミーノが視線を向けた先には、木に吊るされた帝国兵の遺体が並んでいた。彼らは将軍であるゲーナディエッフェの命令に逆らったため軍規に則《のっと》り処刑され、見せしめに吊るされているのである。

「ガッハッハ。軍規違反は殺せっつったのは陛下だからな。清濁併せ呑むいい君主だ」

ちなみに、処刑される彼らを眺めながらイルミーノは平然と軽食を取っていたので、本当に可哀そうなどとは少しも思っていなかったりする。

「ほんと、陛下は私たちに良い人だよね」

これは多くのゴティロワ族が感じていることであった。当代の皇帝は、聖一教徒《せいいつきょうと》とは思えないほど自分たちに好意的である、と感じていた。

「いや、そいつは……」

思わず口に出かけた言葉を、ゲーナディエッフェは野暮だと思い飲み込むことにした。

ゲーナディエッフェの目にはそうは映っていなかった。カーマインは確かにゴティロワ族を好んでいるかのように見える。だがその理由は恐らく、まともに働かない帝国貴族と比較しているからである。

相対的によく見られているだけであり、働かなければすぐに切り捨てられるとゲーナディエッフェは感じていた。つまりカーマインが好きなのは「ゴティロワ族」ではなく「真面目に働くゴティロワ族」なのだろう。

「ま、せいぜい皇帝の期待に応えるとするか。孫娘よ、皆を儂の天幕《てんまく》に集めい」

「はーい」

かつて皇帝は、ゲーナディエッフェの前で「皇帝すらも歯車にすぎない」と言ってのけた。その言葉の通り、彼は「皇帝」という部品の役割をここまで全うしている。ならば自分も、歯車として皇帝カーマインのために働こう……ゴティロワ族の利益になる限りは。

機械仕掛けの帝国は、あらゆる思惑を併呑しつつ、今日も勝利のために動き続ける。

牛歩戦術

皇王の亡命……それは前代未聞の大事件だ。

皇太子の失脚から自身も権力を失い、貴族らに実権を奪われ幽閉状態にあった皇王ヘルムート二世。彼は何を血迷ったのか、恐らく天届山脈《てんかいさんみゃく》にある回廊《かいろう》を抜けて皇国から帝国へ亡命。突如として帝都に現れた皇王に、驚いた帝都から報告が届いたのがつい先ほど。

そして今、天幕でその報告を受けた俺は頭を抱えていた。


何がやばいって、元皇王じゃないんだよなぁ、皇王《コイツ》。現役の君主が亡命ってほとんど聞いたことがない。普通、こういう亡命事件というのは君主が退位してからか、あるいは国が滅ぶときに起きるものだ。

なぜなら、平時において君主は亡命しようと思うような事態に普通はならない。衣食住には困らないし、内心は別として貴族から敬われるし、やろうと思えばいくらでも仕事はサボれるからな。

暗愚な君主で良いなら、働かず、食に困らず、貴族を顎で使い、平民を使い潰す。自分の命令を誰もが聞くんだから、それはもう神にでもなった気分でいられるだろう。

まともな知識さえなければ、傀儡だろうが逃げたいなんて思わないだろう。

そして、そうではない場合……命の危険を感じ、逃げなければと思うような状況において、普通は逃げられないように厳重に監視される。逃げられるようになるのは、退位して用済みとなり、かつ温情で命を許された場合か、あるいは監視を受ける前に逃げおおせた場合くらいだろう。

だが今回の場合、皇王は元皇太子とともに軟禁状態にあったという話も出ている。つまり、皇国はこの皇王を、次代の皇王に継承させるための暫定的な存在……継承装置として扱っていたということが分かる。

継承への正当性を損なわないためにも、皇国としては絶対に手元に置かなければならない存在。

それが、逃げ出してしまった……普通はあり得ないことが起きている。

それも、逃げ出した先がよりによって、長年にわたり対立を続けてきた帝国だ。

フランス革命期のルイ十六世なんか、オーストリアに亡命しようとして失敗。それまで彼を尊敬していた民衆からも反発され、結果的に断頭台の露と消えた。

今回の一件は色々と事情や条件が異なる。この事件と全く同じと言うことはできないだろう。それでも、これが戦争の火種となる可能性は極めて高い。

だが皇帝として、この亡命を受け入れないというのは悪手……外交的にも内情的にもあり得ない判断だ。突き返せば皇国に臆したと見られかねないし、亡命を拒否したところで皇国でも帝国でもない第三国に逃げられるだけだ。それこそ、リカリヤ王国のような新興国家の手に渡れば……今以上に悪い盤面になるだろう。

皇国に対する駒として使ってもらえればいいが、帝国に対する策謀の道具に使われる可能性があるからな。

そもそも、皇国に対する戦争の火種という意味では皇王の亡命自体はラッキーなことなのだ。今後百年くらい、帝国が皇国に対し優位に立てるよう、皇国の国力は削っておきたい……そのために皇王の亡命は、大義名分としてちょうどいい。

問題は、タイミングだ。今の帝国は南方三国と戦争中だし、それ以外にも交戦相手を内外に抱えている。それらを片付けた後なら皇国に対し攻撃を仕掛ける「大義名分」となったのだが、今は皇国が帝国に攻撃を仕掛ける理由になってしまっている。

こんな状況で皇王の亡命を許せば、主導権が皇国の方に行きかねない。特に皇王の亡命を許した皇国の面子はズタズタだからな。その失態を取り消すために強硬手段に出てくる可能性もある。

……亡命を受け入れれば、帝国への宣戦布告も、皇王の処遇も、皇国の好きなタイミングで動けてしまうんだよなぁ。

戦争も謀略も、基本的には仕掛ける側が有利だ。帝国と皇国の対立において、皇国に主導権を握られるのは強烈なリスク。一方で受け入れない場合は、皇王という政治上の劇物が帝国の手で制御できないことになってしまう。ある程度動きの読める皇国との対立より、酷い盤面ができるかもしれない。

この二択、どっち選んでも地獄だ。どうしたもんかなぁ。

……ダメだ。そもそも、どう考えたって情報が足りない。まずはそこからだな。

「陛下」

判断を仰ぐティモナに、俺は頭の中でやるべきことをまとめる。

「ティモナ、俺は今から倒れる」

「……は?」

ティモナが珍しく素《す》っ頓狂《とんきょう》な反応をする。たぶんティモナも突然の報に焦っていたのだろう。

「その衝撃的な報告を聞いて失神した、いや元から体調不良の兆候があったでもいいな。なんでもいいから、俺は今倒れて病の身となる。だからすぐに帝都には戻れない」

ここから数日はこの天幕に引き籠ることにする。その間に、こっちはひたすら情報集めだ。下手に動いて事態を悪化させるより、より詳しく情勢を把握してから動く方が良いだろう。

基本的に、素早い行動は重要だ。兵は拙速を尊ぶと言うしな。だが今回の場合で言えば、既に後手に回っている。ここは開き直って慎重に動いた方が良い。

「なるほど、時間稼ぎですね！」

この状況でもテンションの変わらないエタエク伯に、俺はもはや感心するよ。

「それと、この場にいる全員に緘口令《かんこうれい》を敷く。各自天幕に待機、監視は密偵が行え。監視抜きでは他者との接触も出歩くのも禁止な」

まぁ、酷い巻き添えを食らったと思って諦めてくれたまえ。

「了解いたしました！」

……この命令で元気よく返事できるお前本当に凄いよ、エタエク伯。恐ろしいことに頼もしさすら感じてしまう。元気が良いだけなのに。

「宮中伯、皇国内の詳細な情報が欲しい。現地の密偵から拾えるだけ情報を拾ってくれ。それと、可能なら亡命してきた人間の詳細な趣味嗜好が知りたい。優先するのは皇王と元皇太子だ」

「承知しました」

今はとにかく情報が欲しい。いや、でも少しは時間稼ぎも必要かもな。

「あとは……そうだな、事情を知らない人間を使者として皇国に送れ。こちらは困惑しているというアピールがしたい。皇王が現皇王なのか、元皇王なのか。亡命なのか、追放なのか……そういった現状すらも分からない感じで頼む」

少しでも油断を誘って皇国の動きを遅くしたい。皇王の亡命なんて未曽有の事態、困惑するのは自然な反応だからな。

……いや、むしろ皇国に対し、協力的なように振舞った方がいいか。その方が時間を稼げそうな気がする。

「加えて、皇国の希望を聞くとしよう。身柄を拘束の上、即時の引き渡しを要求するだろうが……こっちから伺いを立てるだけで協力的な雰囲気を演出できる」

まぁ、聞くだけだが。希望を聞いたからと言ってその通りに動く気は無いからな。それでも、これで数日は時間が稼げるだろう。

「なるほど。しかし、皇王一行に対し門前払いとしなかった時点で怪しまれるかもしれません。それについては？」

ヴォデッド宮中伯の懸念はもっともだ。こっちの思惑を勘づかれたくないし、そこも考えておくべきだな。

「そうだな……では、皇王一行が『亡命の受け入れを断れば第三国に亡命する』と主張していると偽ってくれ。これで門前払いしなかった理由にはなるだろう」

下手に拒否すれば皇国にとっても不幸な事態になりかねないと思ったから……そういうニュアンスで伝えられるはずだ。

「そちらも重ねて承りました」

他に手配しておくべきは……皇国相手だけではないな。

「金が無駄になるから、兵士は帝都に戻していい。この距離なら何かあっても帝都から兵士を呼び戻せる」

これはちょっとした抑止力になるだろう。もちろん亡命してきた皇王一行に対しての牽制にもなる。皇帝不在の宮廷で、良からぬことを考えないように……という。

だがそれ以上に、俺の治世を快く思わない貴族や商人に対する威圧行為としてこれは必要だ。

特に貴族については、仕事のない小貴族が帝都には大量にいる。分かりやすく言えば、職を失った元官僚や元代官……といったところだろうか。彼らは皇帝カーマインの治世を快く思わないだろうからな。そういう連中が変な気を起こし、実力行使にでも出たら流石に厄介だ。

まぁ、俺は平民には優しいが貴族には厳しいからな。まともに働く気のない職無し貴族連中は俺の足を引っ張りたくて仕方ないのだ……あぁ、そういえば。

「帝都に辿り着かれるまで気が付けなかった原因を探れ。責任者は処分する」

たぶん旧ラウルの貴族だろうが。理由がないから処罰してこなかったけど、理由があるならきっちりと潰す。別にラウル貴族に思い入れとかないし。

何より今回の一件、軟禁先から逃がしてしまった皇国もそうだが、帝都に侵入されるまで捕捉できなかった帝国の方も、面子が丸潰れだからな。

ちゃんと犯人の首を刎ねないと、関係ない人間が代わりに首を刎ねられてしまう……それはあまりに可哀そうだ。

ちなみに誰の首も飛ばない可能性は無い。そんな事をすれば、帝国が皇王を積極的に引き入れたのではないかと疑われかねない。

「こっちはティモナ、任せていいか」

「かしこまりました」

そう言ってティモナが一礼した直後、今度は宮中伯が訊ねてくる。

「では陛下の護衛は？」

……言外に近衛だけでは不安だってか。俺は足りてると思うけどね。

そう答えようと思い、俺が口を開こうとしたその時、視界の端に目を輝かせた貴族が映り込んだ。

「……ではエタエク伯家に任せよう」

なんで仕事が増えるのに目が輝くんでしょうか。

「はっ！　お任せください!!　配下への伝令は宮中伯にお願いしてよろしいでしょうか！」

「えぇ、それで構いません」

はぁ……まぁいいけどさぁ。

＊＊＊

それから一週間、俺はこの地で野営を続けた。皇帝が病に臥《ふ》せっているという情報は、瞬く間に広がった……というか、たぶん密偵が広めてくれた。帝都でもこれが事実として広まっているらしい。本当に便利だな、密偵って。

さて、問題の亡命してきたヘルムート二世についてだが、これは未だに現皇王で間違いない。一週間経った現在でも、次の皇王は擁立されていない。

これが元皇王なら対皇国出兵の時に担ぎやすいんだけど、現皇王は流石にちょっと重すぎる。お陰でこっちの動きは制限されるが、同じくらい皇国の採れる行動も制限される。

当然、皇国内でもさすがに現状はマズいと考えているようで、新皇王擁立《ようりつ》に向けて動き始めているとか。ただ、そう上手くいかない事情がある。みんな大好き派閥《はばつ》争いだ。


そもそも、皇国とは聖一教の影響力が強い国家だ。国教としている聖皇派《せいこうは》は、皇国と一心同体と言っていいほどつながりが強い。歴代の王朝はこの聖皇派の影響を常に受け続けてきた……だが、時には対立もした。特に現在の王朝、テイワ朝は聖皇派の影響力を極力排除しようと生まれた王朝だ。この辺りの争いは……やはり地球の歴史で例えるなら叙任権闘争だろうか。まぁ、あそこまで派手にはぶつかってないようだけど。

さて、現在帝国に亡命してきている皇王は、かつて皇国で宮宰《きゅうさい》のお飾りとなっていた君主だ。当時、宮宰として辣腕《らつわん》を振るっていたのはジークベルト・ヴェンデーリン・フォン・フレンツェン＝オレンガウ。彼の独裁の下、皇国はそれなりの安定を享受《きょうじゅ》していた。

……ちなみにこの宮宰、皇国の実質的支配者だったが、話だけ聞くと宰相や式部卿より百倍まともに国のために働いている。マジで羨ましい《許せん》。

そんな宮宰は、クーデターにより先代皇王を放逐《ほうちく》した男だった。その後、前皇王は聖皇派と組んでクーデターを計画するも露見。先に動いた宮宰によって逃げ込んだ教会ごと焼き殺されたという。

しかし、ここまで露骨に関与しても聖皇派やそのトップの聖導統《せいどうとう》はお咎《とが》めなしになる辺り、力を持った宗教権威ってのは面倒だよな。

さて、そんな宮宰の手によって即位したヘルムート二世は確かにお飾りだったのだろう。それを自覚していたヘルムート二世は、尚も野心を隠さない聖皇派も巻き込み出家騒動を引き起こした。

簡単に言えば、皇王を辞めて聖職者になると脅した訳だ。

見方によっては、宮宰の傀儡から聖導統の傀儡に乗り換えると言ってるようなものだけどな。

だが結局、ヘルムート二世は元鞘《もとさや》に収まってしまった。条件とした「前皇王の家系を粛清する」というものを宮宰が受け入れ、達成したからだ。だからもう、前皇王の家系は皇国内には残っていない。

そして残されたのは、宮宰と教会の対立構造である。恐らくこの時、ヘルムート二世は聖皇派に見限られたのだろう。せっかく支援したのにあっさりと宮宰の独裁を再び受け入れた皇王を、聖導統が面白く思うはずがない。

あと、この時宮宰は前皇王の家系を騙し討ちで殺した訳だが……これがかなり他の貴族からの反感を買ったようだ。

その後、孤立した宮宰は何者かによって暗殺された。そして空いた権力の座を巡って政争が発生する。

この政争は帝国の宰相派、摂政派の争いのようにきれいに分かれていた訳ではないようだ。曲がりなりにも、宰相と式部卿にはリーターシップがあったということだ。

それでも大きく分ければ対立の主軸は二つ。宮宰の政策を引き継ぐか、批判するか。聖皇派の政治介入を認めるか、認めないか。そこに貴族同士の繋がりや利権も絡んでいたのだから、まぁ複雑だろうよ。その分、帝国の政争とは違い、緩やかだったようだが。

そんな政争の中で、貴族以外にも権力を手にしようとした者がいたらしい。

それがヘルムート二世の長男で皇太子だったニコライ・エアハルトだ。彼は自分が政治の実権を握ろうと色々画策したらしい。独裁状態にあった宮宰のように、権力を自身に集め、政治に無関心な父親に代わって親政を行いたかったのだろう。

だが彼には、宮宰のようなカリスマ性も頭脳もなかった。まぁ、最初っから独裁する気満々で動けば反発されるのは当たり前だろうね。

どの派閥も彼に味方することなく、むしろ一致団結して皇太子を失脚へと追い込むことにしたようだ。どんだけ人望無いんだよ、コイツ。

んで、そんな皇太子をよせばいいのにヘルムート二世は庇《かば》ってしまった。

自分の息子を庇いたい気持ちは分かるけどねぇ。普段政治に興味なかったから傀儡として見逃されてきたのに、そんなタイミングでいきなり口出しすれば、そりゃ排除されるでしょ。

だって貴族たちからすれば、これで皇太子が復権してしまえば、失脚に追い込んだ自分たちが今度は失脚させられるんだから。だったら「いっそ先に動いて皇王を幽閉してしまおう」ってなるのも、まぁ当然の判断だな。


その後、軟禁状態にあった皇王と皇太子は幽閉先から上手く脱出に成功し、無事に帝都まで辿りつきましたとさ、めでたしめでたし。

……いや、これはおかしい。あまりに怪しすぎるだろう。だってこの感じだと、「親教会派」とか「反教会派」はいても、「ヘルムート二世派」は存在しなさそうなんだよ。

貴族も聖皇派も、皇王を助ける理由がない。彼らとしては、皇王らを幽閉している間に政争で次期皇王を決めて、役目を終えた皇王に譲位させる算段だったはずなのだから。

なのに、軟禁状態から上手いこと脱出に成功している……いったい誰がそれに協力したのか。

あからさまな謀略《ぼうりゃく》の匂いがする。たぶんこの亡命、何者かによって仕組まれている。その場合の狙いは何だろうか。邪魔な皇王の処分か、帝国を脅威に仕立て上げて皇国内での団結を図っているのか、あるいはその両方か。

こうなってくると、フィクマのローデリヒ・フィリックスなんかも関わっていそうで怪しくなってくる。あの男の思惑は読めないが、その出自が前皇王の一族の生き残りなんだから、ヘルムート二世に好意的なはずがない。

とはいえ、証拠もないから誰の思惑で踊らされてるのかもわからない……まぁ仮にそうだとしても、それが帝国の利益につながるならいくらでも踊ってやるけどね。

それはさておき、その皇王が逃げ出した今の皇国における政争だが……これは大きく分けて三つの勢力に集約されたようだ。

一つ目はヘルムート二世の三男を担ぎ出した勢力。現在、皇国の最大派閥である。その特色は親聖皇派。支持基盤が聖職者である以上、日常生活で彼らと否が応でも関わる平民からの支持も得られやすい。聖皇派の聖地である「聖都」はもちろん、地方の大貴族も多く所属するため、面積で言えば皇国の半分近くがこの派閥だと思われる。普通に考えれば彼らが優勢だろう。

だがそう上手くもいかない事情があるらしい。それが派閥内での主導権争いだ。政治に介入したくてしょうがない聖導統と、自分たちが派閥を主導したい大貴族の間には確かな溝があるようだ。

帝国の政争……宰相派にも摂政派にも、そういう動きは大小の差はあれど存在した。大派閥の宿命かもな。

すぐに分裂するようなことはないだろうが、一枚岩でないことは間違いない。

二つ目はヘルムート二世の次男を担ぎ上げた派閥。その特色は何といっても反教権的な点にある。常に聖皇派の政治介入に抵抗してきた宮宰の方針を引き継いでいる彼らは、親教会派に見劣りしない勢力を誇っている。

何より、宮宰独裁時代に中枢にいた大貴族らが核になっているため、他の派閥に比べて比較的まとまっている。また宮宰の時代の復活を望む者……宮廷で今も働く官僚や、宮宰の時代に宮廷で働いていて、その後職を失った貴族たちも多く参加する派閥であり、彼らは現首都である「皇都」とかつての首都である「旧都」の両方を実質的に押さえていると言っていい。

ただ宮宰の政策を引き継ごうとしているところからも分かる通り、当時宮宰に敵対していた貴族、宮宰によって粛清された前皇王及びその一族、また彼らの支持者だった者からは強烈に敵視されている。

この派閥はまとまりがあるが、孤立しているという印象だろうか。

そして最後に、ヘルムート二世の四男の派閥。ここは最も勢力が小さいものの、他の派閥が無視できるほどは小さくない。またこの派閥は宮宰によって粛清された前皇王やその一族の名誉回復を約束しており、それらの勢力からの支持を少しずつ集め始めている。

まぁ、ちょっとなりふり構わず動いてる感は否めないけどな。そうでもしないと、四男が皇王になるのは厳しいのだろう。

このように、皇国貴族らは皇太子を失脚させ皇王と共に幽閉したときから次期皇太子の座を巡って争っているそうだ。

もっとも、どの派閥もヘルムート二世の子供を担ぎ出してはいるが、それは貴族らが正当性を欲した結果であり、彼らに実権はないと思われる。実権を得ようとした皇太子が失脚してるんだから、そう見るのが自然だろう。これ、このまま放置してたら王朝交代とかありそうだよね。

……それにしても、本当に誰もヘルムート二世を擁護してないんだよなぁ。そんな奴を受け入れなきゃいけないのか、俺は……面倒だなぁ。


ともかく、これらの派閥は皇王らが国から逃げ出すという異常事態が起きた現在、新皇王を擁立しなければいけないという考えでは一致している。だが、事件が起きる以前から皇子たちを担いで後継者争いをしていたため、引くに引けない状態になっているようだ。よりによって皇太子だった長男も帝国に亡命してきてるからね。それ以外の皇子から皇王を、となるとどの派閥もそう簡単には譲れない。妥協点が見いだせなくなっているのだろう。

これはもう少し待っていれば、皇国側からの使者も来そうだな。

悪くない状況

それからさらに一週間。相変わらず仮病を使って天幕に籠っている俺の元へ、報告を携《たずさ》えて宮中伯がやってきた。

ちなみにこの間、バルタザールが指揮する近衛は俺が引き籠る天幕を囲うように警備、ティモナが取次役として行き来し、俺は外部からの接触を断っていた。そしてその間、事実を隠す必要があったので、俺が仮病を決め込んだ時に天幕内にいた伝令らも「病に感染した」として別の天幕で密偵の監視の下、隔離生活となっていた。

敵を騙すなら味方からというし、帝国が「皇帝が危篤」と勘違いするよう色々と手配した。その間、事情を知る者以外の前には俺は出ていないし、他国の使者どころかワルン公やチャムノ伯の使者もこの場には通していない。


そのため、本気で皇帝が危篤だと思った貴族や民衆から大量の見舞いを受けた。貴族については、本気で心配する者もいれば単純に探りを入れに来ただけの者も多いが、地元住民らは本気で心配してくれているようだ。何かと見舞いの品を献上しにやってくる。

仮病なのに申し訳ないなとは思ったが、これで断れば仮病なのがバレかねない。受け取って感謝を伝え、それ以上の褒美を与えるよう手配する。いちおう、今のところは民に愛される皇帝をやれてるようで安心だ。

ただまぁ、入れ違いとはなったがワルン公ら前線で指揮を執る諸侯には、密偵を使者代わりに派遣した上で、それとなく事情を匂わせるように命じている。あくまでもそれとなくだ、それでも彼らなら伝わるだろう。

ただ、さすがに伝令ら全員を一つの天幕で隔離するのは厳しかったので、伝令の中でも平民出身の者を集めた天幕と、俺を含めた貴族出身の天幕の二つに分かれることとなった。

まぁこの時代、生活様式もマナーも貴族と平民では大きく違うからね。余計な問題が起こらないように配慮した形だ。

ただ、天幕を監視する密偵の数にも限りがあると宮中伯に言われたので、隔離天幕は二つのみとなった。

……つまりエタエク伯やその他数名の貴族出身の伝令は、俺と同じ天幕で生活をすることになったのだ。

お陰で俺はその間、ずっと表向きの演技をするハメになった。普段はティモナしかいなかったり、ロザリアしかいなかったりするときは気を抜けるからなぁ。

愚帝を演じるより、優秀な皇帝を演じる方が疲れるんだよね……もういい加減、辟易してきたよ。

あと、ティモナも宮中伯も外で働いてもらっているからフォローしてもらう訳にもいかないし。名君カーマインという化けの皮《メッキ》が剝がれることのないように、少しの隙も見せないように気を付けるのは、自分で決めたことを後悔するくらいにしんどいことだった。

それでも、この二週間は必要だったと思う。シンプルな時間稼ぎだったがかなり効いている。帝国が現皇王を手中に収めているというのは、皇国的には普通なら焦るべき状態……しかし、皇国は俺の状況を見て安心している。

なぜって？　それは彼らが俺の症状を重体と判断したからだ。もし軽い病なら、帝都が近いのだからさっさと帝都へ戻って治療すればいい。それをせずに留まっているということは、動かせないくらいの重体ってことだからな。

もちろん、これが仮病と看破している人間もいるかもしれないが……大多数は騙せているらしい。まぁ、帝都にも俺が病床に臥せていると報告しているからな。

それどころか、近衛を指揮するバルタザールですら俺が仮病ってこと知らないからね。彼らは今、この天幕の周囲を囲うように陣を敷き警護しているが、天幕自体には近づかせていない。貴重な近衛を、戦いの場以外で失いたくはないからね。

ちなみに、帝都から送られてきた医官も漏れなく隔離となりました。どんまい。

閑話休題、俺は二週間前と同様、事情を知る宮中伯、ティモナからまとまった報告を聞くこととなった。ついでにこの二週間の仮病生活に巻き込まれたエタエク伯も、暇そうだったし少なくとも俺の邪魔はしなさそうなので同席を許した。

……正直、エタエク伯の能天気ぶりというか、異常な元気にはこの二週間、かなり助けられた。閉鎖空間はどうしても気が滅入るからな。

あと彼女の戦いぶりをその目で見ているからか、伝令たちも彼女に畏敬《いけい》の念を抱いてか、余計なことはしなかった。同じ空間での生活の中で、変な気を起こされたら大問題だからな。

……女性《エタエク伯》と同じ空間で過ごしての感想？　それは「あぁ、本当に男として育てられたんだな」だ。天地がひっくり返ってもこいつを側室にするのは無理。

「陛下、まずは南方戦線の状況からご報告させていただきます」

俺はティモナの言葉に頷き、先を促す。

「この二週間あまり、三軍は優勢に戦闘を進めております。陛下の読み通り、南方三国はガーフルとの連携を前提に動いていたようで、少なからず動揺も見られます」

これはまぁ、嬉しい誤算かもしれない。ガーフル共和国と早期講和をしたお陰で、結果的にワルン公らを助けることになったようだ。

「個別に見ますと、まずチャムノ伯率いる対アプラーダ方面ですが、旧帝国領の東側、アドカル侯領全土を占領したとのこと。敵の反撃も撥ね返し続けています」

帝都に乗り込んで来てまで、直接俺と交渉した元アドカル侯は、さすがに優秀だった。そこに加え、やる気を出したドズラン侯も攻勢を続けている。アプラーダに割譲していた旧帝国領の内、東側はほぼ確保したと言っていい。


「またチャムノ伯率いる本隊ですが、現在アキカールの反乱軍が占領している地域にてアプラーダ軍と交戦しているようです。アプラーダ軍は反乱軍との連携を模索するも、既に全勢力と交戦しており、かなりの損害を出しています」

アキカール地方で三つ巴の争いを続けている反乱軍。その交戦地域に上手くアプラーダ軍を引き込んでいるらしい。ただでさえ乱戦で目まぐるしく支配者が変わるこの地域では、計五勢力が入り乱れ、まるで「バトロワ」の様相を呈しているらしい。


「チャムノ軍の損害は?」

「それが、かなり被害を抑えられています。どうやら、陛下が備えるよう伯爵に命令したころから、少しずつ反乱軍内に内通者を作っていたようです。所領安堵を条件としていたようで、『全て子爵以下の下級貴族のため、可能であれば追認を』とのことです」

なるほど。チャムノ伯が言っていた「アキカール地方を守らなくていいなら」っていうのはこれのことか。というか、俺が聞いた時にはそう答えてたってことは、それ以前から少しずつ内通者は作っていたのだろう。

それを素直に報告してくるあたり、チャムノ伯は俺をかなり信用してくれているようだ。正直言ってかなり有り難い。


たとえばこれを聞いた俺が、猜疑心から「チャムノ伯はこの内通者を使って、実は帝国と事を構えるつもりだったのでは？」と考える可能性だってあるからな。それを排除して話してくれるチャムノ伯にはこちらも信用を以て返そう。こういう信頼関係は、一度ヒビが入ると修復は困難だからな。

まぁ、一切周りを疑わないと奸臣を重用する愚帝の出来上がりなんだけど。そして重臣が裏切る可能性を完全に頭から排除すれば寝首をかかれるのも世の常だ。本能寺の変とか良い例だろう。

皇帝として生きてきて思うことは、君主として生きる大変さの八割はここにあるんじゃないかってことだ。常に疑わなければならないが、それを悟らせてはいけない……あと己の猜疑心との戦いでもある。

名君と呼ばれた者が暗君化するのは、賢臣を疑って殺してしまったり、逆に奸臣を信じて重用してしまったり……大抵はそういうことがあってから転げ落ちていく。


「もちろん認める。それと、子爵以下に限らず旧アキカール公爵家とアキカール人貴族以外なら所領安堵を認めると伝えてくれ」

もうかなり長い間、アキカール地方は徹底的に争い合わせた。ろくに力は残っておらず、彼らの間には多くの因縁ができたはずだ。もはや彼らが一つにまとまり反抗することは二度とない。

あと、この長い戦いで現地の貴族は多くが死んでいる。生き残った者は優秀な者ばかりで、滅ぼしきるにはこちらも相応の損害を覚悟しなきゃいけないからな……こうやって考えると蠱毒みたいなことしたなぁ。


それと、旧アキカール王国系……つまりアキカール人の貴族については、許すべきは今じゃない。許すのはアキカール公に仕えていたブングダルト人、ロコート人の貴族だけだ。この辺のバランスは帝国が多民族国家であるが故に面倒だが、上手く利用すれば貴族感情のコントロールに使える。


……問題は戦後だな。チャムノ伯の影響力がアキカール地方にまで伸びる。しばらくはいいが、いずれ対抗馬がいるな。

「それと、例の作戦計画についてですが予定通りで、とのことです。こちら黄金羊商会から『そんなに甘い距離じゃない』とのことです」

「なら詳細な海図を寄こせと言いたいところだけどな……まぁいい。分かったと伝えろ」

俺がチャムノ伯に伝えたのは、アプラーダ王国後方への黄金羊商会を使った揚陸《ようりく》作戦だ。前線に主力を引きつけ、その間に手薄な後方に船を使って上陸する計画だ。チャムノ伯が苦戦するなら早めようってことだったんだけど、チャムノ伯は上手く戦っているし、黄金羊商会からは簡単に言うなとクレームが来たと。

まぁ、ここで無理して失敗するのは俺としても嫌だ。その点、今回の作戦は黄金羊商会に任せておけば成功させてくれる予感がある。

なぜなら連中は商人だからだ。莫大な利益のためなら大金を投資することも厭わないし、やるからには確実に成功できるだけの備えをする。あと、引くに引けないように色々と縛りも設けているからな。帝国が連中に大量の借金をしているのもその一環だったりする。帝国との関係を断てば、黄金羊商会にはとんでもないダメージとなる。

……とはいえ、イレール・フェシュネールのような超一流の商人はそれでも損切りできてしまうだろうけど。


「続いてワルン公領です。こちらはベニマ王国だけでなく、アプラーダ・ロコートの両軍からの攻撃も受けておりましたが……このうち、アプラーダ軍については退路をドズラン侯軍が断ったため、包囲殲滅に成功。将兵合わせ、約三千人が降伏したとのことです」

うーむ、本当にまじめに働いてるなドズラン侯。やっぱり野心家なだけあって、自分の領地に直結するときは積極的に動くらしい。

正直、あの男にはあまり功を立てられても困るんだけどなぁ。ギラギラとした野心を隠さないあの男が今以上に力をつければ、俺の首が狙われそうだ。

だが皇帝として、信賞必罰は重要だ。これは……論功行賞の後が怖いなぁ。

「アプラーダの捕虜《ほりょ》は講和まで帰さないように。今どこに？」

少しでもアプラーダ王国側に与える情報は絞りたいからな。

「ラミテッド侯領に護送する予定だそうです」

なるほど、ファビオのところか。あそこはワルン公とゲーナディエッフェへの後詰の役割にあたる位置だからな。妥当だろう。


「それでいい。他は?」

「はい。まずロコート軍についてですが、ワルン公領東部を一部占拠。こちらどうやらロコート軍の中でも精鋭が来ているようで、一進一退の攻防を繰り返しているとのことです」

……南方三国の初期戦略は三国共同でのワルン公領への戦力集中。アプラーダ王国の旧帝国領とロコート王国の旧帝国領に挟まれているワルン公領はその立地上、北を除いた三方からの攻撃を受けるのは自然なことだった。

だがアプラーダ軍が包囲殲滅され、ワルン公領は少なくとも西から攻撃を受けることは無くなった。余裕が生まれた状況でも、まだ占領された東部を奪還できていない……もしかしてかなり苦戦しているか?


「ベニマ軍は?」

「それについてですが、開戦初期の攻勢は止まったようで、国境付近まで押し返しているようです。ただ、ワルン公からはベニマ王国軍で精鋭兵として知られるいくつかの貴族家について、この数日ほど所在がつかめないとの報告を受けています」

そして報告をまとめた紙の束を捲り、ティモナは続ける。

「これについてワルン公はアプラーダ王国への援軍に向かったと考えているようで、チャムノ伯、ドズラン侯、前アドカル侯に対し警戒するよう独断で警告を発したと……こちら陛下を経由しなかったことについて、謝罪を受けております」

そこまでするってことは、ほぼ確信があるんだろう。戦況的に、その精鋭の動きは一度南へ向かってから西へ行ったはず。ベニマ王国内の動きだというのに確信している……こっちも内通者か。

「いや、元帥権限の範疇だろう」

これがチャムノ伯に命令した、とかなら越権行為だけど、警告する分には何の問題もない。

まぁ、この謝罪はワルン公の細やかな気遣いだろうな。皇帝の判断を仰がずにやったことへの謝罪……これ、もしかして先代皇帝は嫌がってたってことか。

先代皇帝《祖父》の欠点がこういうところから透けて見えるのは、血の繋がっている人間としては嫌だねぇ。あまり前線に立たない人だったはずだし。

しかし、アプラーダへの援軍か……揚陸作戦が読まれたか？　だとしたら海岸線を固められるか。

……いや、アプラーダの海岸線は広い。全てをカバーするのは無理なはずだ。というか、最終的に揚陸作戦を続行するかどうかを判断するのは俺じゃなくてイレール・フェシュネールだ。

「あぁ、そういうことか。ティモナ、黄金羊商会に今の報告を伝えてやれ」

これは俺の判断で黄金羊商会に伝えてやれってことだな。連中、今はまだ帝国軍の管轄外の存在だし、そこに情報を独断で伝えるのは流石に越権行為だ。

「手配致します」

その思考をすぐに読み取れない俺は、まだまだ経験不足だな。


「それで、ゲーナディエッフェの方は」

「対ロコート王国方面についてですが、先日ゴティロワ族を主体とする部隊が旧ヘアド・トレ侯領にてロコート軍を撃破。この部隊は現在も西進しており、前線のロコート軍の退路を遮断しつつあるとのことです」

それはすごいな……予想以上の戦果だ。確か、ロコート王国で反乱を起こした旧帝国貴族らが北へ向けて敗走していたはず。それを追撃していたロコート王国軍の背後を取った訳か。

いや、あるいは最初からロコート王国内の反乱勢力は囮にするつもりだったのか。

「包囲できそうなのか」

「それは何とも。ただ、旧ラウル地方に攻勢を仕掛けていたロコート軍は既に撤退を開始しているとのことです」

まぁ、退路を断たれるとなれば、さすがにそう動くよな。

俺はふと、ここまで大人しく報告を聞いていたエタエク伯の意見も聞いてみる気になった。

「エタエク伯はどう見る」

「はっ、私見を述べさせていただきます。その辺りは、東部は山岳地帯ですが西部は平野になっております。後方遮断の可否は行軍速度次第でありますので、この場合はその軍中に帝国兵もいるのかどうか、またその行軍速度次第かと！」

……おおう、予想以上にまともな意見が返ってきた。

確かに、ゴティロワ族は山岳地帯に住んでおり山岳での戦闘が得意。当然、山岳地帯においては機動力もある……しかし騎馬隊がほとんどいない彼らは、平野部での機動力はそれほど高くない。となると、帝国貴族の機動力次第か。

うーむ、ゲーナディエッフェ指揮下の貴族はまともな奴ほとんどいないから無理かもなぁ。せめてファビオの軍勢とかをゲーナディエッフェに合流させるべきだったか。まぁ、俺の予想に反してゲーナディエッフェが攻勢に出ているからな。援軍はいずれ必要だろう。

「北部と三伯の反乱は」

「反乱の方は反撃を諦め籠城しているようです。損害を嫌がる諸侯は食料が尽きるのを待つでしょう。テアーナベ方面については……さっそく黄金羊商会が動きました。こちらは報告を上げるつもりが無さそうなので密偵の観測記録のみですが……敵の海上交易路を封鎖しつつ、海岸線に上陸し散発的な攻撃をしては撤退を繰り返しております」

なるほど、ベニマからの援軍が揚陸作戦への備えなら、この黄金羊商会の動きを見たからってことか。

もしそうなら迂闊な行動だが、あの女がそんな安易なミスを犯すだろうか。あるいは、敵の備えがあっても突破する自信があるのか。もしくは……陽動？

というか、その動きは明らかに実戦の中で訓練も兼ねている。今、海の覇者と言ってもいい黄金羊商会のことだから、てっきり揚陸作戦にも慣れていると思ったのだが……意外と経験は少ないか、あるいはそれくらい揚陸戦が難しいのか。

「具体的にどの辺りか分かるか」

俺の問いに、かなり情報の精度は低いですが、と前置きした上でティモナが答える。

「恐らく南部かと」


南部……？　そうか、リカリヤか。

帝国とリカリヤの繋がりは薄いが、リカリヤは黄金羊商会に接触していた。関係を匂わせることで、アプラーダ王国にリカリヤとの国境……南部への警戒を強制しているのか。

もしかすると、襲撃した際の戦利品などはリカリヤ国内の港で売っているかもな。この時代の海上戦力って、どこも海賊みたいなもんだし。

あと、散発的な襲撃なのはもしかすると、油断を誘っているのかもしれない。上陸可能な人数などをわざと低く見積もらせている可能性がある。

しかし結局のところ、海戦等の知識はあんまりないんだよなぁ、俺。丁字戦法くらいしか知らないし、専門家に任せるしかないだろう。

「まぁいい。分かった」

ちなみに旧宰相派や旧摂政派の貴族が消極的で利己的なのは今更だ。こっちも期待してないし、もうそれでいい。

「では続きまして、それ以外の報告を」

ティモナに代わり、今度は宮中伯からの報告だ。

＊＊＊

宮中伯からの報告は大きく分けて三つ。帝都の様子と皇国の様子。それから亡命劇の協力者について。

まず今回の皇王らの亡命について。これはもう予想通りの話だった。

帝都に入られるまで帝国が気付けなかった理由は、一言で言えば莫大な賄賂《わいろ》の結果だ。

第一に、彼らは天届山脈の回廊を抜けて帝国領に入ってきた訳だが……この国境で警備しているのは現地貴族、つまり旧ラウル貴族だ。その連中が、賄賂で皇王一行の通過を黙認した。

俺はラウル僭称公を討ち取った後、降伏した彼らに寛大な処理をしたのだが、それが裏目に出た形だ。なんでこの国の貴族は、優しくするとすぐつけあがるのだろうか。

第二に、どうやって帝都まで来たか。これは水運を利用している帝国の商人に、これまた賄賂を贈って船を調達し、そのまま一気に帝都まで川を下ってきたらしい。

この商人も、元は宰相のとこに出入りしていて、最近になって皇帝に恭順した商人の一人だ。こいつは以前から俺に従った商人とは違い、あまりおいしい思いできていないからな……皇王が商機になると見越したのだろう。

というか、どっちも平然と賄賂受け取ってんじゃねぇよ。両方とも当然、処刑だな。


まぁお陰で俺が得したこともある。それは今回の「失態」を受け、回廊付近の国境警備について、俺が堂々と口出しできるようになった点である。

旧ラウル貴族に寛大な沙汰《さた》を下してから、回廊出口にある要塞の警備についても、それまでと変わらず現地の旧ラウル貴族が担っていた。これは最初から口出ししたり、干渉しようとしたりすると、現地貴族は宰相の治世と比較して反発するだろうとの考えもあってのことだった。

だが今回の一件は現地貴族の大失態だし、干渉されても流石に文句は出ないはず。これからは皇帝が選んだ人間を警備担当として堂々と送り込める。

というか、短いながらも回廊は皇国との国境であり、今はその地の防衛能力に疑問が呈される状況だ。皇国に対する備えの名目で、すぐにでも手の空いた諸侯の兵を送り込むとしよう。

次に帝都の様子だが、市民の間では皇帝の病状について色々な憶測が広まっているらしい。ただ、死亡説や戦闘での負傷説は密偵の方ですぐに火消ししているらしい。というか、宮中伯の口ぶり的に帝都の中には相当数の密偵がいるんじゃ……まぁいい。

次に宮廷の反応だが、ロザリアと財務卿の二人で落ち着いて対応してくれている。これもさすがである。あと、亡命してきた皇王の歓待は財務卿……ニュンバル侯がやってくれている。

宮中儀礼について色々と頼りになるニュンバル侯も、さすがに皇王の相手は荷が重いらしい。早く帰ってこいとのことだ……たぶん仮病なのバレてるね、これ。

そうそう、この皇王一行についてだが、メンバーも一通り把握できている。皇王ヘルムート二世と共に幽閉されていた、権力を握ろうとしたけど人望が無さすぎて失脚した男、ニコライ・エアハルト。それから皇王によって無理やり連れて来られた貴族が八人。それとヘルムート二世と元皇太子が連れてきた妾の集団がそれぞれ十数名ずつ。あとは仕えている従者たちって感じだな。

……なんで家臣である貴族より妾の方が多いんだよコイツら。しかも二人とも正妻は皇国に置いてきたらしい。それと、妾について十数名って特定できないのは、従者の中に含まれる侍女の中にもお手付きがいるかららしい。聖皇派は一夫一妻制だろうに、どんだけ元気なんだこいつら……そりゃ権力奪われて幽閉もされるわなぁ。

そして最後に皇国の様子。皇国に送った使者が、皇国からの使者も連れて帰ってきたため、密偵が得た情報と共にまとめて報告が上がってきたようだ。

「陛下が病床にあるということで待たせておりますが、皇国から使節が来ております。まずはそちらからご報告を……皇王と前皇太子の早期返還の要求です」

まぁ、それはもう当然の反応だろうね。というか、皇国が「そっちで受け入れていいですよ」なんていう訳がない。自分の国の王様が他国に握られてるとか、現在進行形で皇国の威信は大いに損なわれている。

これまで皇国から圧迫されてきた周辺国は、高笑いしてることだろう。

「それで、他には？　まさか無条件で、とか言う訳ないだろうな」

「そのまさかです」

はぁ、それで返す人間がどこにいるのか。こっちにも皇帝としての面子があるんだから、それと天秤にかけられるくらいの何かは用意するべきだろう。敵対国家との外交なんて、弱みがある限りはそこに付け入るのが常識だ。

特にこういう外交は周辺国の目もある。戦争したいときは他国に弱腰だと舐められても、油断に繋がるだけだから問題ない。だが今は違う……弱腰と見られたら今がチャンスだとリカリヤ辺りの本格介入もあり得る。

それを避けるためにも強気に動く。


「ですが、これについては帝国を下に見ている……というより、『皇国』として統一された意思表示としてはここが限界、ということのようです。この使節とは別に、皇国内の三つの派閥のそれぞれからの使節も来ております」

「へぇ、それは早いな」

なるほど、皇国としてではなく各派閥が個別に皇王らの身柄を要求していると。

「その条件は？」

各派閥の思惑は簡単だ。皇王を確保し、自派閥が囲っている王子への譲位を迫る。上手くいくかは知らないが、現在劣勢の派閥も、皇王さえ確保できれば逆転できるかもしれない……そう考えてもおかしくはないからな。上手くいくかは別だけど。

「最大勢力である三男を担ぎ上げる派閥からは、聖皇派より陛下に『聖』の称号を贈っても良いと」

……ほう、それはまた。たかが称号とかいらねぇ、と言いたいところではあるが、この称号には相応の価値がある。

皇国の定義は、聖皇派によって「聖なる君主」として認められた者、すなわち皇王が治める国家だ。そして「聖」の称号はこの聖なる君主として認めた証である。だから歴代皇王は戴冠の際、聖導統の手で冠を戴き、「聖」の称号を与えられ、初めて名実ともに皇王となる。だから現皇王であるヘルムート二世も、皇国が自称する正式名称は「聖ヘルムート」だったりする。

そしてこれまで、ほとんどの場合において「聖」の称号は皇王にのみ贈られてきた。この提案はつまり、俺を歴代皇王と同格に扱うという提案である。これまで帝国と皇国は相手を認めるなんてことをしてこなかったのだから、かなり異例の提案である。

「安いな」

だが足りない。これが国号の方だったら話は別だった。同じように、皇国が自称する国号は『神聖なる皇国』だ。

これも同じく「聖」と同じようなものだが、違いは「聖」が一代に限るものなのに対して、こちらは継承される点だろう。「神聖なる」は国号に付随しているから、こっちを貰えたら俺が死んで次の皇帝になっても「神聖なる帝国」と名乗り続けることができる。この場合、俺個人を認めるのではなく、帝国そのものを皇国と同列に扱うということになるからな。

「しかし最大派閥なだけあり、確実に叶えられる約束だけの提示か」

無茶のない範囲ってことは、それだけ余裕があるってことだ。最悪、他の派閥に皇王を取られても、まだ戦えるという判断だろうな。

「次男を担ぐ派閥は領土と金銭の提示です。領土は天届山脈の回廊全土を帝国に譲渡するとのこと、金銭については金額次第とのことです。どうやら回廊を押さえているのはこの派閥のようです」

「なるほど、交渉に応じて金銭の額で調整するつもりか」

交渉がしやすいように条件に幅を持たせているのは上手いな。回廊についても、狭いから戦闘で奪還するのはかなり難しい。それを無血でもらえるというのは確かに嬉しい。

「そして四男の派閥ですが……両方を提示しています。『聖』の称号と回廊の譲渡です」

うわぁ、思いっきり空手形というか、ホラを吹いてるなぁ。

「彼らにそれを実現する力は無い……なりふり構わず、といったところか」

聖皇派も押さえてなければ、回廊だって押さえていない。仮に皇王をこの条件で返したところで、本当にこの対価を用意できるとは思えない。

「どこかの条件をお呑みになられるので？」

エタエク伯はそう訊ねてくる。彼女は間違いなく、政治とか苦手だな。

「まさか」

これらの交渉は、皇王の身柄と交換する認識でしか提示してきていない。少なくとも俺はそう感じた。だから「安い」のだ。

「皇帝の名声と引き換えるには安すぎる」

今回皇王は、皇帝個人を頼りに亡命してきた。それをすぐに皇国に突き返せば、皇帝の威信が傷つくことになる。それに見合うだけの対価なら考えたが、今回提示されたのはそうでは無かった。そもそも、向こうも交渉前提の提案だろう。最安値を提示して、ここから折衝する気だ。

「では、どう返事しますか」

……ただ、問答無用で断ればいよいよ「交渉の余地なし」と判断して強硬手段に出かねない。それだけは避けなければいけない。

ここはやはり条件を吊り上げ、交渉継続の方向で時間を稼ぐのがベストだろう。


「三男の派閥にはいずれ生まれるであろう俺の第一子にも『聖』の称号を与えるよう要求してくれ。まだ生まれるどころか、胎児《たいじ》ですらない存在に『聖』を与えるなんてことは前代未聞だろう。その検討で時間が稼げるはずだ」

こういう組織っていうのは前例に拘《こだわ》るからな。そもそも聖導統は聖皇派内で完全に独裁的な動きができるって訳じゃないだろうし。

「次男の派閥には金銭はいらないから、回廊の譲渡に加え、その派閥に参加する貴族家当主の息子を一人ずつ、皇王の護衛兼監視役として帝都に送るよう要求してくれ。勿論、実質的な人質だ……これも時間が稼げるだろう」

あえて嫡男と指定してないところがポイントだ。何人も息子がいる貴族家は全く構わないと考えるだろうし、逆に息子が一人しかいない貴族家はリスクを考え拒否しようとするだろう。派閥内で意見が割れれば、意思統一に時間がかかる。

「かしこまりました。では、四男の派閥には？」

続けて尋ねる宮中伯に、俺ははっきりと答える。

「論外だと伝えろ。対価が安すぎるとな。それと、条約として紙に残すのも絶対条件だ」

空手形ながら最も提示された対価が良かったところには、さらに吹っ掛ける。

正直なところ、俺が欲しいのは帝国が皇国を攻撃するための、誰が見ても帝国側に正義があると思わせられる「理由」だ。皇王の頼みに応じてっていうのもそれに当たるだろう。だが、その場合はリスクも大きい。

一方で、条約の一方的な不履行《ふりこう》というのもまた、帝国が皇国を攻める正当な理由になり得る。だからこの四男の派閥には、百パーセント履行不可能な条件を提示させたい。

「しかし陛下、これだけでは十分な時間を稼げるとは思えませんが」

「分かっている。余も何か他にいい考えは無いか考えている。何かあるか？」

俺だってそれ以上に時間が稼げる策があれば教えてほしいさ。

まぁ、この稼いだ時間でまた次の時間稼ぎを考えればいい。

「ございません！」

堂々と元気よくエタエク伯が答える。お前、たぶんだけど途中から話の内容、聞き流していただろ。

軍事面ではかなりまともな意見が出てきたが、政治とかそういう話には露骨に興味無さそうだ。

居眠りしたって驚かないね。

とはいえ、宮中伯もティモナも、現状では特に名案は浮かばないようだ。

「余も何か考えておく」


まぁ、それはさておき。

「これで皇国相手に少しは時間を稼げる……少なくとも、すぐに全派閥が団結し帝国に宣戦するということは無さそうだろう。よって、帝都へと帰還することにしよう」

不透明だった皇国の状況もそれなりに見えた。それに、これ以上帝都に戻らないと今度は亡命してきた皇王に不審がられかねない。

「いつ出立なされますか」

さて、普通に考えれば日中の宮廷では皇王一行のお世話が忙しいはずだ。そんなタイミングで帰れば、彼らは忙しい中、俺を出迎えようとするだろう……その負担は不要なものだ。

何より、帝都に戻ってから皇王一行と対面するまで少し時間が欲しい。となれば、最適な時間帯は一つだけだろう。

「夜中にこっそりと」

厄介者

結局、その夜のうちに、天幕から出立した俺は、近衛と共に未明には帝都へと帰還した。

ちなみに、隔離していた伝令や医官はもうしばらく隔離する。一方で、俺は病が治ったので客人をこれ以上待たせられないと、急いで帝都へ戻ってきた……という設定だ。


「お待ちしておりましたわ、陛下」

宮廷に戻ると、真っ先にロザリアとナディーヌが出迎えてくれた……別にそんなことしなくて良かったのに。ナディーヌはかなり眠そうにしている。これはたぶん、叩き起こされたのだろう。

「出迎えご苦労。心配かけてすまなかった」

俺はそう言って二人の頭を撫でる。まぁ、二人にも仮病とは伝えてなかったから心配はかけただろう。

そう思っての言葉だったのだが、眠そうに眼をこすっていたナディーヌはこう言った。

「やっぱり、仮病だったの」

あれ、もしかして気が付いていたのか。まぁ、勘づかれてもおかしくはないが……。

「どうしてそう思う」

「清潔だから。重病なら入浴なんてできないでしょ」

天幕暮らしだったこの二週間、俺は確かに何度も湯に浸かっていたし、なんなら今日も入った。野営なのにどうやってって？　それはもちろん魔法で、だ。近衛の中には魔法が使える人間もおり、彼らに頼んで簡易的な風呂を作ってもらった。地面を掘り、岩で固め、水を張って温める。全部魔法でできるから便利だよな、この世界。

とはいえ、普段の行軍中だったらこんなことは絶対にしない。いつ戦闘になるか分からないときに、魔力の無駄遣いは普通しない。それにそもそも、即席で作った小さな風呂では、兵士全員には回らない。一部の人間だけ良い思いをすれば、他の人間が不満を抱く。

まぁ、貴族の中には平気で自分のためだけに作らせる奴もいるらしいけど。兵士の人気も欲しい俺はそんなことはしない。

しかし、今回は帝都も近くかなり安全な場所で、ほとんど近衛しか残さなかったので兵士の人数も少なかった。何より、天幕の人間には隔離生活をさせていたからな。少しでもストレスを和らげるためにと、今回は作らせたのだった。

もちろん、近衛とは接触しないように細心の注意は払わせた。

「濡らした布で体を拭いてもらっていただけかもしれないぞ。思い込みは……」

「あと、そもそも病み上がりだったら、こんな風に私たちの頭を撫でないでしょ」

……あ、確かにそうかも。熱が下がってても菌持ってたりするからなぁ。本当に病み上がりだったら、移さないように接触は控えるだろうな。これは一本取られました。

「意外に目敏《めざと》いよね、ナディーヌって」

「……どういう意味よ」

一段声が低くなったナディーヌに、ロザリアが朗《ほが》らかに笑いかける。

「揶揄《からか》っているのですわ、ムキになってはダメよ」


そうやって話していると、今度はこちらも飛び起きてきたのか、ニュンバル侯がやってきた。

「陛下」

ニュンバル侯は、また一段と濃い隈を目の下に作っていた。まぁ、普段の仕事に加えて、亡命してきた皇王らの対応もやってもらっていたからな。

「迷惑かけたな、助かった」

「陛下の御考えなど、この老いぼれめにはどの道、理解できませんので」

うわぁ、すっげぇ棘ある言い方！　ついでに目が恨めしそうだ。これは内心、かなり怒っているだろう。

まぁ、この期間のしわ寄せは彼に行ってただろうから、この反応も至極当然だな。

「ただ、陛下の仕事が溜まっております。言いたいことはそれだけです」

うーむ、やっぱりかぁ。この二週間、俺は病の身ってことになってたから、書類の決裁なんかは全部やってなかった。仮病も演技だ、やるからには徹底的にしなければ意味がない。仕事ができないくらいの重病なフリをしていたのだ。

まぁ、本当に緊急を要するものは送ってもらって処理してたけどね。

「了解した」

この感じだと、しばらく帝都からは動けなさそうだな。

「陛下、この後は如何いたしますか」

そう聞いてきた側仕人に、俺は肩を竦める。

「湯を張ってくれ、ティモナ。皇王に会うのだから身を清めなければ」

本当は、向こうで入ってきたからいらないんだけど。でもナディーヌみたいに怪しむ人間がいるとマズい。

「それとニュンバル侯、皇王は正装と『急ぎで用意できた中で最上の衣装』のどちらを好まれるだろうか」

俺は今、病が治ってから急いで帝都に戻ってきたという体裁を取っている。だから正装をきっちり着るか、または「正装を着る時間すら惜しみました」という演技でランクの落ちる衣装を着るか、皇王に有効なのはどっちかと訊ねたのだ。

人によってはこういうとき、正装じゃない方が感激したりするだろう。

するとストレートというか、全く飾らない人物評が侯から返ってきた。

「……どうでしょう、どちらも問題ないかと……いえ、皇太子の方が浅慮《せんりょ》で権威や伝統に執着がございます。そのようなアピールは効かないかもしれません」

あぁ、話で聞く感じ、確かにそういう人っぽいよね。

「では正装の用意を。それと、色々と聞いておきたいことがある」

＊＊＊

皇王が帝都に来てからの二週間、俺がいない宮廷では色々と変化が生まれていた。

中でも、皇王に対するスタンスというか態度については、宮廷は真っ二つに割れているようだ。

真っ先に食いついたのは相変わらず楽をして美味しい思いできる「何か」を探す中小貴族連中。皇帝への忠誠心もなく、戦場に出る気もなく、ただ爵位を持っているだけの寄生虫みたいな連中だ。

そんな中で現れた扱い易そうな軽い神輿……それが皇王だ。奴らが飛びつかないはずがない。彼らは出世のために皇王一行に媚びて持ち上げている。んで、皇王はそれに気を良くして平気で受け入れるらしい。

一方で、皇王一行を歓迎しない勢力もいる。それは主に官僚……宮中で働いている貴族たちだ。まぁ、私欲を優先するような貴族は即位式以後、少しずつ時間をかけて放逐していったからな。今残ってるのは比較的まともな人間だ。……ちなみにさっき言った中小貴族の中にはこの放逐された連中も交じっているし、何なら多かったりする。

真っ当な宮中貴族にとって、皇王なんて来たところで、問題ばかり増えて余計な仕事が追加されるって感じるのだろうな。

まぁ、皇王一行がもう少しまともだったらこんな過剰反応しなかったんだろうけど。

閑話休題、俺はいよいよ問題の皇王と対面する。

場所は謁見の間ではなく、会談室だ。これは皇王が謁見という形を嫌がったからだな。まぁ、言いたいことは分かる。腐っても皇王、皇帝とは対等とされる存在だからな。

そんで、ここからは面倒なパワーバランスの調整だ。

まず、貴族相手なら皇帝は相手を待たせる。遅れてやってきて玉座に座って「よきにはからえ」が普通の対応である。

ただ今回は相手が皇王だからな……しかも二回りくらい向こうの方が年上だ。だからこっちが多少は遠慮しないといけないだろう。

玉座どころか上座にも座らず空けておくし、俺は皇王より先に座って待つ。ただし、態度だけはあまり下手に出ないで行こうと思う。

そうして遅れてやってきた皇王一行だが、皇王の第一印象は「丸い」だった。脂ぎった肌に、弛んだ贅肉が目に余る。

日常生活に支障をきたすレベルで太ってるのはどうなんだ？　別に一般人が太っていようが何とも思わないけど、同じ君主がコレなのは正直イラっとする。

ニュンバル侯の誘導で椅子に座るが、この椅子は皇王専用の特別仕様だ。どうも特注で作らせたらしい。

普通の椅子だと窮屈なんだと……それにしても趣味悪いな。

流石に玉座ではないから宝石とかは使ってないけど、金ぴかで品のない椅子だ。

間違いなく、この椅子を卸したのは俺が普段使っている商人ではないな。

その金？　帝国が払わされたよ。まぁ、いつか皇国に請求してやる。

それに続くのは二人。一人は恐らく皇太子……いや、失脚したから元皇太子か。こちらは痩せているが、目つきがなぁ。ドズラン侯みたいな野心を隠せていない目だ。でもあの男ほどのオーラはない。

皇太子だったはずなのに、どうして小者臭がするんだろうか。

もちろん、見た目で判断するのは良くないが、事前情報だけでもちょっと関わりたくないタイプだ。関わらざるを得ないんだけど。

そしてもう一人は恐らく、この亡命組についてきた……というか、巻き込まれたらしい男。ダロリオ侯アロイジウス・フォン・ユルゲンス……いや、こちらも元侯爵か。

元外務大臣で、真面目に仕事していた結果、気がつけば政争に巻き込まれ、皇太子と一緒に失脚させられたという、なかなかに可哀そうな男だ。欠点は運の無さと、宮廷での立ち回りの下手さである。


三人が着席すると、ニュンバル侯がそれぞれを紹介する。やはり、元皇太子ニコライ・エアハルトとダロリオ侯で合っているようだ。

「お初にお目にかかる。余がブングダルト帝国八代皇帝カーマインである」

さて、突如の対面となった訳だが……三人の反応はびっくりするほど分かりやすいな。

ダロリオ侯は俺の行動力に驚いている。ニコライ・エアハルトは俺の若さを見て舐めている。そしてヘルムート二世は……たぶんまるで何もわかってないんだろうな。

「ウム、朕がヘルムート二世である。随分と待たされたぞ」

その声は腑抜けた、覇気のない声だった。あと結構高めだった。そして何より、全く危機感と言うか、切羽詰まっている感じがない。まるで、自分の立場というか現状が、どれほど危険な状態なのか分かっていないようだ。

これは俺以上に演技の上手い大物なのか、とんでもない馬鹿なのか二択って感じだ。まぁ、事前に集めた情報では馬鹿だとされているが、それは傀儡時代の俺も同じだっただろう。油断をするつもりは無い。

「はっはっは。流行り病に罹ってしまいましてな……まさか陛下にうつしてしまう訳にもいきますまい」

俺の言葉に対する反応は三人とも特に変わらない。これを見るに、俺が仮病だったってことには気付いて無さそうだ。

ちなみに、この場にはティモナではなくヴォデッド宮中伯を連れてきている。だから、こいつらがどれだけ俺に対して失礼なことを言ったり、舐めた態度を取ったりしたところで、後ろから殺気を感じたりはしない。

「して、用件は」

俺が答えると、すぐに皇王から答える。

「ウム、朕を国へ戻す協力を頼みたいのじゃ」

……それだと今すぐお前を簀巻きにして突っ返してやってもいいんだけどな?

あと、愚帝の演技するときの俺そっくりの口調だなぁ、コイツ。

なぜだろう……俺の愚帝の演技が特徴をとらえた上手い演技だったって証明されているようなものなのに、なぜか不快な気持ちになる。

「亡命を！　まずは亡命を希望いたします」

慌てて横から口を挟むダロリオ侯に、元皇太子が口を挟む。

「これダロリオ侯、そのように声を上げて見っともない。いやはや、我らの臣が申し訳ない」

なんか、自分はちゃんと振舞ってるって言いた気な態度である。お前も貴人同士の会話に割り込んでるんだけどね。

話によると、この男は皇太子の地位は剥奪されてるのに、未だに皇太子気分が抜けていないらしい。

「はっはっは。謁見の場ではいざ知らず、今は会談の場。余はそのようなことで一々文句など付けぬ」

意訳すると「謁見の場ならアウト」と「文句は言わないけど忘れないからな」って意味なんだけど、元皇太子の方には全く伝わっていない。むしろアロイジウス・フォン・ユルゲンスの方が恐々としている。

可哀そうに。その立場はさぞつらかろう。

「して、亡命と皇国への帰還か……余としても、斯くして頼られたのであれば応えたいのだが、余の一存では決められぬ。近く評定を開くのでそこで決めさせていただきたい」

まぁ嘘だけどね。実際は、その気になればたぶん俺の一存で決められる。けど実際に会議は開くつもりだし、諸侯の意見もちゃんと聞きたいから今は返事を保留にする。

「しかし、何故正当な君主がこのように追い出されることになったのか。余は不思議でならない。いったいなぜこのようなことに？」

知ってるけどね、大体の事情は。事の顛末を報告で聞いたが、その感想としてはまぁ、当然の結果だろうなとしか思わない。

「おぉ、ぜひ非道なる奸臣共の悪事をお聞きください」

するとニコライ・エアハルトが、自分たちのここまでの経緯を語りだした。もちろん、自分たちに都合の悪い情報は伏せ、虚飾まみれになった話だ。これでは語るというより騙ると言った方が正しいかもな。

＊＊＊

それから皇王一行の主張を聞いた俺は、即座に宮中の諸侯を集めた。

皇王一行の悲痛な訴えを聞き、皇国貴族の蛮行に怒りを覚え、すぐさま皇王を救わんと招集した……ってことにした。

「そういうことになっているから、ちゃんと口裏合わせるように」

あからさまな嘘とか混ざってて、表情に出さないようにするのが大変だったよ。

俺が招集したのは、この時帝都にいた貴族の中でも信用できるメンバーだ。まずはニュンバル侯とヴォデッド宮中伯。このふたりはまぁ、言わずもがなだろう。

そしてエタエク伯の代役としてトリスタン・ル・フールドラン子爵。別にエタエク伯も帝都にいるんだけど、彼女は嘘とか下手そうだから代役を立てさせた。ちなみにエタエク伯は敬礼して即答して了承した。

そして次は、俺が病に罹ったと聞き本気で心配した組。

まずはラミテッド侯、ファビオだ。彼は前線のワルン公の名代も兼ねて、皇帝の容態を見るために帝都に来ていたらしい。たぶん仮病だって気付いているけど何も言われなかった。まぁ、呆れた表情はしてたけど。

ちなみに、普段ワルン公の名代として活動しているエルヴェ・ド・セドラン子爵は敵に包囲された要塞で籠城中とのこと。大丈夫なのかと聞いたら問題ないと返ってきたから俺はその言葉を信じることにする。

仮に苦戦してたら、誤魔化そうとせずにちゃんと伝えてくれる人のはずだから。


つづいて、同じく俺の容態を知るために派遣されたヌンメヒト女伯の名代、レイジー・クローム。こっちは俺が仮病だったことに感づいてキレてました。そんなに俺のことを心配したのかと聞いたら、ヌンメヒト女伯に本気で心配させたことにキレてるらしい。まぁ、いつも通りだな。

しかしこうしてみると、本当に増えたよなぁ。昔はティモナと宮中伯しかいなかったのに。


そして最後に、この場にはもう一人いる。

「某《それがし》はここにいてよろしいのでしょうか」

男の名前はシャルル・ド・アキカール。式部卿の三男にして、俺と唯一敵対しなかったアキカール家の人間だ。

今まではその血筋のこともあり、微妙な立場だったが……俺は今回、覚悟を決めて信用することにした。


「余は卿《きょう》を信任すると決めた。それだけだ」

まぁ、ダニエル・ド・ピエルスからも推挙されたしね。あの老エルフ曰く、対抗馬として利用されるくらいなら手元に置いておくべき、とのことだった。これは俺もその通りだと思う。

ダニエル・ド・ピエルスは俺の親戚の中で、もっとも近い血縁にある敵対していない男性だ。俺に子供が生まれない限り、次期皇帝はこの男になる。

つまり、皇王たちが帝国で発言力を得ようとする、もしくは俺以上に言うことを聞く人間が欲しいと思った時、必然的に俺の対抗馬として立てやすい……と、諸侯は考えてしまうかもしれない。

実際にそうなるのか、そうなった際に本当にシャルル・ド・アキカールが俺と対立するかはまた別問題だ。

重要なのは、そうなり得ると諸侯が感じてしまえること。そうすると「そうなる前に災いの芽は摘んでおこう」となってもおかしくない。

つまりまぁ、放っておくと誰かがシャルル・ド・アキカールを殺そうとするかもしれないし、そうなったら追い込まれたシャルル・ド・アキカールが「殺《ヤ》られる前に殺《ヤ》らなければ」と強迫観念に駆られ、反旗を翻すかもしれない。

それを阻止するために、シャルル・ド・アキカールが取るべき立ち回りは一つしかない。

「卿は反皇王派として、皇王の受け入れに反対の立場をとるしかない。なら、色々と打ち合わせは必要だろう？」

俺は皇王たちを利用したいが、利用されるつもりは無い。だが、皇王一行は当然のごとく俺たちを利用しようとするだろう。それに対し、一致団結して距離をおけば制御できない人間を引っ張ってくるかもしれない……ドズラン侯とかな。

あるいは最悪の場合、帝国から出ていかれてしまうかもしれない。

そうならないよう、食いつきやすいエサは必要だ。

「既に余がいない間に主張は固まっているようだし、ニュンバル侯とシャルル・ド・アキカールは反皇王の立場で頼む。ラミテッド侯は皇王擁護の立場で。ヌンメヒト女伯とエタエク伯については……どうしようか」

俺の言葉に、すかさずニュンバル侯が反応する。

「それはつまり、皇王陛下の前では意見を対立させ、裏では陛下の指示通りに動けばよい……ということですね？」

ニュンバル侯の確認に、俺は大きく頷く。

「ヘルムート二世は、その場の感情で行動し幽閉に追い込まれた。ニコライ・エアハルトは自身の権力のみを追求し失脚した。どうせこの二人は、亡命先でも変わらない。そんな連中に振り回されるのは卿らも御免のはずだ」

俺たちは利用される側ではなく利用する側にいなくちゃいけない。そのためならマッチポンプ上等だ。これ以上、帝国の人手不足を悪化させてなるものか。

それに今まで散々、皇国は帝国にちょっかいかけてくれたんだ。亡命してきた連中には、帝国の国益になるよう、たっぷりと貢献してもらわないとな。


「しかし、なぜ私が皇王擁護派に？」

俺の指示に、ファビオが疑問を抱いているようだ。まぁ、無理はない。ファビオは別に皇王らと縁も所縁《ゆかり》もないだろうしな。

「宮中伯、例の書類はあるか」

「こちらに」

そして俺は宮中伯に渡された紙をめくる。

「実は密偵からヘルムート二世やニコライ・エアハルトの趣向なども調べてもらっていてな」

なんというか、皇王と元皇太子の趣味趣向はかなり有名で、普通に市民ですら知ってたりするらしい。お陰で知りたくなかったことまで知ってしまった。

特に皇王はバ……目先の感情で動く。嫌いなタイプの人間に擁護されても反発するかもしれないから、擁護派は皇王が好むであろうタイプに任せたい。

「皇王は男尊女卑の傾向が強く、さらに身分の高い者を好む。逆に貴族だろうが身分の低いものは卑しいと考える。若い貴族には目をかける傾向アリ。だからラミテッド侯は条件に合致しそうと思ってな」

ほんっと、我儘だよねこのオッサン。ちなみに好きな食べ物は甘いもの全般で、特に蜂蜜に目が無いらしい。袁術《えんじゅつ》かな？

「そういう事情だ。ラミテッド侯、頼む」

「そういうことであれば」

「あとはヌンメヒト女伯とエタエク伯だが……中立ということにして、二人はあまり近づかない方が良いかもしれない」

俺がそう言うと、エタエク伯の代理であるフールドラン子爵が当然のごとく理由を訊ねてくる。

「それほどまでに男尊女卑が激しいので？」

……うーん、他人の性癖とか口にしたくないけど、これは注意喚起しておいた方が良いかも。大事な家臣がトラブルに巻き込まれるの嫌だし。

「いや……皇王が連れてきた妾、全員が男装姿で選ばれたらしい」

ただこれ、男装の女性が好きなのか、男が好きなのを誤魔化すための偽装なのか分からないんだよな。妾の中に男が三人交じってるし。

「もしや、幽閉された一因は……」

「これを見せられると否定はできん」

同性愛は許される文化圏もあるが、皇国の国教である聖皇派的には完全にアウトだ。なのに、妾の中に男がいるのとかも、皇国では公然の秘密らしいし。どうなってんだ、皇国は。

ともかく、念のため男装系の二人は近づけない方が良い。


ちなみに、元皇太子の方は病的なまでの女好きだ。そして権力を掌握しようとしてるときに、一夜を共にした貴族令嬢にうっかり計画を漏らしてしまい、通報されて先手を打たれたらしい。

……正直、思ってた数倍は酷いぞこいつら。

古法、悪用

皇王らに幽閉されるだけの理由があったことが分かったところで、俺は次の話題に移る。

「さて、派閥決めも終わったところで」

実はこの派閥分け、他にも狙いはあるのだが……それはまぁいずれ分かるだろう。

「まずはシャルル・ド・アキカールの帰参を認める。その上で、領地称号についてしばらくは待ってもらいたい」

俺は式部卿や反乱を起こしたアキカール家の人間から、称号を取り上げる宣言をしている。そしてシャルル・ド・アキカールは式部卿の生前に領地称号を譲られた訳ではないので、領地を持っていない現状は何らおかしなことではない。

「待つも何も、某は……」

「分かっている、継承の話ではない」

むしろ、仮にアキカール地方に封じるとしても、もうアキカールの名前は名乗らせない。彼にはアキカール家ではない、新しい分家の初代になってもらいたい。その方が、互いに都合がいいはずだ。

「卿にはいずれ土地持ち貴族に復帰してもらいたいが……しばらくは宮中貴族として仕えてくれ。官職は法務卿……後日正式に任官する」

「謹んでお受けいたします」


そして俺は、今度はシャルル以外の諸侯に向けて、さらに続ける。

「その初仕事として、エタエク伯の問題を処理してしまいたい」

エタエク伯は女性である。ただし、生まれた際に家臣らが西方派教会を買収し、性別を男としてしまった。これを今まで隠していたが、もう隠すのにも限界がある。

だがエタエク伯は功績も立てているし、今のところ皇帝に対し忠誠を誓っている。どうにか「法解釈」の範囲で黒を白にできないかという話だ。

「シャルル・ド・アキカール、解釈は可能だろうか」

法の専門家……というより法律オタクに近いこの男は、俺の言葉にはっきりと答えた。

「それにつきましては事前にお話を頂きましたので、調べさせていただきました。法の解釈の範囲で、彼女については現状のままで問題ないと断言できます」

「ほう、聞かせてくれ」

それからシャルル・ド・アキカールが述べ始めた法解釈はこうだ。

一つ目、彼女の出生時の性別について。西方派には子供が誕生した際に行われる儀式があり、性別はこの時に判別され宣告される。

しかし、実はそれ以外にもこの儀式の際に決められることがある。その代表例が、双子や三つ子だった場合の「兄弟の順序」だ。

基本的に長男が継承するこの国において、双子などにおける「どちらが兄か」は極めて重要である。なぜなら、ここで兄と判断されたものは家を継げるが、弟と判断された方は継げないのだから。たとえそれが双子であっても。

当然、弟と判断された方はこの判定に不満を持つだろう。しかしその不満を聞き入れ、兄弟の順序を変えていたら法律としては話にならないので、西方派においてはこの誕生時の兄弟判定は「不変」で「何人たちとも疑ってはならない」とされている。

ところが、この法律の書き方が曖昧で、この『不変かつ何人たちとも疑ってはならない』が果たして兄弟順序の判定だけを指しているのか、誕生時の儀式全体を指しているかは解釈の範囲である。

つまり、誕生時にエタエク伯は男性と判定されており、それは『不変かつ何人たちとも疑ってはならない』ので男性としてエタエク伯を継承しているのは何の問題もないと。

二つ目はエタエク伯の体が女性であることについて。これについても魔法があるこの世界において、きっちり該当する法律が存在する。それは性別を変更する魔法に関する法律だ。

俺は前世の日本人的感覚からすると、性転換は「そういう人もいるよな」と思うだけだった。だがこの世界の倫理観からすると、「神から与えられた性別」を「自分で変える」のはアウトだという。そしてそれを禁じている法律もある。

ところが、ここで重要なのは「自分で変える」のがアウトなだけで、第三者によって変えられるのは「本人にとってはどうしようもないこと」なので罰則などは無いとのこと。

この辺は魔法のある異世界なだけあって、そういう魔法がある「かも」で法が作られてる。他人の性別を変える魔法なんて聞いたことは無いが、かといって無いとは言い切れないからな。これは悪魔の証明ってやつだ。

そしてエタエク伯の性別について、当時エタエク伯家に仕えていた複数の「魔法が使えない人間」が、一歳時点で体は女性だったと証言した。

そして現在、一歳未満で魔法を使った例は確認されていない。

つまり彼女は「一歳未満のどこかのタイミングで第三者の魔法を受け、男性から女性に変わってしまった」ので、無罪という理論が成り立つ。


そして三つ目、爵位の『維持』について。女性の体で男性として爵位を持ち続けていいのかという問題。これは俺にとっても馴染み深い法律で解釈可能とのこと。

それは他でもないこのシャルル・ド・アキカールが、コパードウォール伯の領地を皇帝預かりとするよう言ったときの法律だ。

帝国法において、「爵位継承者が確定しておらず、当主が貴族としての義務が果たせない場合、継承者が定まるまで君主がその爵位を『預かる』ことができる」という法律が存在する。

これはつまり、「爵位継承者が確定している」または「当主が貴族としての義務が果たせる」場合、君主はその称号を預かることができないということになる。

この法における「貴族としての義務」とは主に「子供を作る能力」のことであるが、ここでポイントなのは、「男性貴族は男性として子を作る」とは一切指定されていないということ。つまり、エタエク伯は男性貴族でも、女性として子供を作る能力があれば皇帝はその称号に介入できない。

そして、それ以外にエタエク伯から称号を取り上げることができるのは、両者合意の下の称号の交換、もしくは罪を犯したことに対する処罰としての没収。

しかしここまでで分かる通り、エタエク伯は一度も罪を犯していないので、エタエク伯は法律上、今のままで何の問題もない。

これが、シャルルの導き出した答えである。


「美しい……」

なんて完璧な解釈なんだ。これをひっくり返すには西方派が賄賂で嘘を吐いたと認めさせるくらいしかないだろうが、そんなことをすれば権威が揺らぐから西方派は絶対にしない。

「法の悪用でまさかこれほど感動させられるとは」

レイジー・クロームはあまりの美しさに拍手している。法律を新たに作ったり破ったりせずに、この結論を導き出せる人間が何人いるだろうか。しかもこの解釈、今後も使えそうだぞ。

これをやってのけるのが次期法務卿だ。頼りになるなぁ。


「残念ながら、結婚関連だけはどうしようもありませんでしたが」

それに対し、フールドラン子爵はどこか安堵した表情で彼に感謝する。

「いや、十分すぎるだろう……ありがとう」

フールドラン子爵の言う通り、エタエク伯の問題はこれで一段落つくな。

その後、他にもいくつか必要な話し合いを続け、それらも落ち着いたところで解散を宣言した。

＊＊＊

こうして諸侯との会議を終えた後、俺は久しぶりにレイジー・クロームと二人で話していた。

ティーカップ片手に世間話……という訳ではもちろんない。

「さっそくで悪いが……」

「アーンダル侯のことだろう」

ガーフル共和国との戦争において、最前線であるアーンダル侯は大敗。その後、ヌンメヒト女伯の援軍が辛うじて間に合い、敵の突破は阻止できた。

もし突破されていたら、俺たちはブロガウ市での勝利どころか、講和すら結べていなかったかもしれない。

「お嬢様から陛下に謝っておいてくれ、だと」

苦虫を噛み潰したかのような表情で、レイジー・クロームはそう言った。少しも悪いと思っていないし、謝りたくもないが、命令だから謝ってます……って感じだろうな。

「謝る必要などないだろう……だが謝罪は受け入れたと伝えておいてくれ」

実際、ヌンメヒト女伯は何も悪くないだろう。責任はアーンダル侯と、そもそも彼を任じた俺にある。

それでも謝罪してきたというのは、女性ならではの配慮だろうか。

まぁ、この場は非公式だ。公式の場で謝るのはやりすぎだが、非公式の場でなら割と自然である。この国はどこぞの訴訟大国とは違うからな。


「しかし、そんなに酷いか」

俺はアーンダル侯がどんな人間か、正直分かっていない。ただ彼の父が、皇帝のために戦い皇帝のために死んだ。だからその働きに報いるべく、息子に爵位を与えた。

実際問題、優秀な人間に責任ある立場を任せるのが、統治するにあたって一番効率的なことは分かっている。

だが人を動かすためには、アーンダル侯のような存在も必要なのだ。

命懸けで戦えば、子孫がその功によって取り立てられるかもしれない。そう思わせることが重要なのだ。


「あぁ、アレは酷い。戦について右も左も分かってないな」

感情的になったレイジー・クロームを見て、これは相当頭にきているなと思った。

まぁ、アーンダル侯は若いからな。経験不足から来る失敗は多少は仕方のないことだと思うんだが。

「だが一番酷いのは家臣だ。何もできない、すぐ逃げる、そのくせ功績だけは求める」

「そこまでか」

先代アーンダル侯の時はそんなこと無さそうだったんだが。

「まともな家臣は全員アーンダル侯と共に戦死した……ということだろう」

「あー、そのパターンかぁ」

先代アーンダル侯は皇帝派として戦うことを選んだ。そして彼は籠城し、ラウル派諸侯に包囲される中、最後まで抵抗した。

実際、彼らの時間稼ぎは皇帝派にとって優位に働いた。端から生還を諦めた、命を懸けた時間稼ぎは壮絶だったのだろう。

俺たちに時間を与え、そして敵軍に無視できない損害を与えた。


そのような生還が絶望的な戦いであっても、多くの家臣が彼に付いて行ったのだ。よほど優秀な人物だったのだろう。

臣下に慕われる良い主君だった……だから家臣たちは主君を庇い、率先して前に出て命を落とした。特に忠義心が篤い人間は率先して当主の盾となり時間を稼いだだろう。

そういった優秀な人間から死んでいき、その結果がアーンダル侯爵家の現状なのだろう。逃げ出した者や、そもそも戦場に呼ばれなかったような……能力不足だったり、人として問題があったりするやつばかりが残っているのか。

「まぁ、ガーフルと交戦することは暫く無さそうだ。その間に改善……は無理か」

「お前が手を加えなければ、無理だろうな」

うーむ。若いアーンダル侯の教育か……できたらそれに越したことは無いが、そんなところに貴重な人材を派遣する余裕はないしなぁ。

「なにか考えないとなぁ」

「おい、それより。次の戦場はどこになる予定だ？　お前が仮病の間もこっちはずっと待機だぞ」

あぁーそのことねぇ。まだ確定では無いんだけど、コイツには話していいか。

「西、中央、東のどこになりそうだ」

まぁ、主戦線である南方のどこかに送られるのは簡単に予想がつく。だがその先はまだらしい。

「まだ決まってないけどな……海だ」


俺の言葉にレイジー・クロームは驚きの声を上げる。

「うみぃ？」

「あぁ。あとたぶん最初は少数精鋭で行ってもらうから。船酔いしなそうで強い奴選んどいてくれ」

とはいえ、これはまだ決めた訳じゃない。ただ、俺の予想が正しければ……必然的にそうなるだろうって話だ。

最重要課題は船酔いだな。帝国って思いっきり陸軍国家だし。

「いったい何を考えてるんだ？」

「皇王一行が亡命してきたからな」

俺にとって、想定外の早さでの皇王の亡命……ところが、二週間の仮病で事態は最悪とまではいってないことが分かった。想定より良い状況な部分は、皇国における派閥間の対立が、予想以上に激しかったことだ。

最初に皇王亡命の報告を受けた時、俺の脳裏に浮かんだ最悪のパターンとは、既に次期皇王の候補がほぼ一人に決まっており、皇王は譲位させられるまで秒読みと判断して皇帝の力を借りに来た……そう思ったのだ。

その場合、皇国はすぐに動けてしまう。皇王の亡命を受け入れた帝国に対し、すぐさま宣戦布告が可能だ。

次に最悪な可能性は、この皇国が派閥争いを中断し妥協し、帝国という外敵のために一時的に協力するパターン。こっちは謀略でどうにかできる可能性はあるが、最悪なパターンとほぼ一緒だ。帝国と皇国の国力はほぼ同等。他国と戦争しているときに皇国と戦争なんて、悪夢でしかない。

その次に最悪なのは、皇国のどこかの派閥が、皇王の復帰を望むこと。つまり帝国にいる皇王が派閥争いに口出しできる状況になった場合、亡命を受け入れる帝国も派閥争いに直接まき込まれる可能性が高い。

……とまぁ、いろいろと最悪な想像はよぎったのだが、皇国はちゃんと後継者問題で揉めてるし、何より皇国貴族から皇王がしっかりと嫌われているおかげで誰も皇王の君主としての復帰を求めない。皇国で派閥争いしている貴族たちがもし皇王の復帰を望めば、その派閥は帝国の力をあてにするし、逆に敵対する派閥は帝国の介入を警戒して強硬手段に出かねない。やられる前にやるは、この世界じゃ当たり前だ。

しかし、想像以上に皇王が嫌われているおかげで、皇国で派閥争いしている人間にとって、「皇王の復帰」という選択肢は「あり得ない」という共通認識ができている。

そんな嫌われ者の面倒を見なくてはいけないというのは非常に気の滅入ることだが、まぁ皇国に帝国の戦争に介入されるよりはマシだ。

とはいえ、予断の許さない状況であるのは事実。具体的に言うと、皇国の派閥争いに決着がつくとマズい。そうなれば当然介入される。

「分かりやすく言ってくれ」

「俺たちは今、皇国が動けるようになる前に周辺国との戦争を終わらせなければいけなくなっている。というより、皇国の次期皇王が決まった時点で、どれだけ不利な戦況でも講和を結ばないといけない」

そうしないと、帝国は皇国に宣戦布告される可能性が非常に高くなる。そしてその場合、帝国は間違いなく悲惨な状況になる。それが本当のタイムアップだ。

「なるほど。しかし皇国の派閥争いはすぐには終わらなそうなのだろう？」

「それでも、帝国でコントロールできる問題じゃない。しかも仮に次期皇王が決まらなくても、それよりも先に帝国を倒すべしって考えになられるとヤバい」

そもそも皇王が人気ないから今は皇王の身柄確保より、次期皇王決めの政争の方が優先度は高くなっている。

しかし情勢の変化や考え方の変化によって、その優先順位が入れ変わるような出来事が起きてもダメだ。皇王を確保している帝国に強硬手段を取ってくる。

「つまりだな、帝国には時間が無いんだ。だから本来は万全を期して着実に勝てる戦いだけをするべきところを、多少のリスクは許容して、素早く勝たないとマズいんだ」

しかも、俺はアプラーダとロコートに割譲した旧帝国領を取り返すっていう大仕事がある。普通の勝ちではなく、講和の際に旧領を取り戻せるような圧倒的な勝利が必要なんだ。

そのために、俺はリスクを背負わないといけない。まぁ何か最近、ずっとリスクを負ってる気もするが、それが効率良いからな。

「なるほど……あぁ、やっとわかったぞ。それで、リスクってことはお前も船に乗るのか」

急いで南方三国との戦争を終わらすために、黄金羊商会を使いアプラーダを海から攻略する。そして北からチャムノ伯軍の本隊が南下し、アプラーダ王国の主力を挟撃する……この作戦を成功すれば、帝国は圧倒的な勝利を手に入れることができるだろう。

このアプラーダ王国への計画のために、俺は俺の命を囮にする。

「いいや。もっとリスクを取る」

普通に考えたら、南方三国の攻略は一か国ずつだ。戦力の分散は愚行となることが多いし、俺も基本的には戦力は集中して運用すべきという人間だ。だが今回は速度……つまり、効率重視だ。

「俺はわずかな兵力でロコート王国と戦う。つまり二か国の攻略を同時進行で行う」

安全で確実な勝利ではなく、短い時間で最大限の成果を。そうしなければ旧領の奪還も叶わずにタイムアップが来てしまう。

それを許容できるほど、皇帝の権威は盤石じゃない。……皇王のせいで、こんな戦略を立てるしかなくなってしまったんだよなぁ。

恒例になりつつあり

レイジー・クロームと個人的な対談をする直前。俺はイレール・フェシュネールを呼び出すように頼んでいた。

するとなんと、予想外の早さで彼女は俺の元へやってきたのだった。俺はレイジー・クロームと入れ替わるようにやってきた彼女を部屋に招き入れる。

「今回は最初から帝都にいたのか、イレール・フェシュネール」

「はいぃ。お呼ばれしそうな気配がしたのでぇ」

この女はいつも話が早いが……今回は行動も早い。

油断ならない味方であり、そして敵に回したくない人間……だがそれ以上に、帝国に利をもたらすような商品を約束する商人だ。それがイレール・フェシュネールである。


「皇王にはもう餌付けしているのか」

まずは世間話の雰囲気で探りを入れる。まぁ、軽いジャブみたいなものだ。

「うちでしか取り扱えない物も多いのでぇ」

それに対する返事がこれだ。

あぁそうか。カカオとか取り扱ってんの、この大陸じゃあこいつらくらいだろうし。独占してると強いよなぁ。

「あまり甘やかすなよ」

「はいぃ。いずれ二人からは巻き上げるのでぇ」

……こいつらはカカオとか砂糖みたいな嗜好品を扱ってる。そして皇王は甘いものに目がない。

つまり最初はタダで餌付けして、依存させて、それ無しでは生きられないようにしてから金を搾り取るってことか。

「そうだ、先に純粋な商売の話を済ませておこう。近いうち皇王たちを歓待する宴を開くと思う。その際、皇帝から贈り物を送る。そちらで良いものを見繕ってはくれないだろうか」

皇王も元皇太子も、私欲を優先するタイプだから扱いやすくはある。そういう人間相手には、好みの物をプレゼントするってのは効果的だ。

これが優秀な人間相手だと、どんなに金積んでプレゼントしても、「それはそれ、これはこれ」って分別されてしまうからなぁ。その点、アイツらは分かりやすくはある。

まぁ、流石に皇王なだけあって貴重な品を贈られることには慣れてそうなのが面倒だが。


「かしこまりましたぁ。ご予算の方はぁ？」

「悪いがこれは財務卿と話し合ってくれ。ちゃんと俺の私財から出す」

出していい金額とか、細かくは分からない。それに……俺が見繕うと、「なんでこんな奴らにこんなに金をかけなくちゃいけないんだ」って本当に殺意が芽生えると思う。

だからこの辺は一切を財務卿に任せる。財政に関しては、彼のことをしっかりと信用している。

俺が傀儡の頃に、着服しようと思えばいくらでもできたのにニュンバル侯は一切しなかった。ほとんどの貴族がやってたのに、だ。

だから俺も、心から信任できる。

「御用商人としての仕事ですねぇ。確認はいりますかぁ？」

「いらない……あぁいや。ティモナに報告だけはしてくれ」

基本的に、俺は自分の私財の総額とか確認しないようにしている。人間、金持つと欲が湧くからなぁ。

俺の場合は魔法関連の書物とか研究資料とか、そういうのを買い漁りたくなるんじゃないだろうか。

「そちらも、かしこまりましたぁ」

そういうことで余計な金を使わないようにしている。だが管理は必要だ。

その管理はニュンバル侯だが、所持額についてはティモナにも共有される。


あと、直接聞きたいことと言えば……。

「アキカール＝ノベ侯領南西部の攻略はどうなっている」

俺が以前、黄金羊商会に頼んだ仕事の進捗状況を訊ねる。それ以外の部分については報告を受けているが、ここだけは直接聞かないと詳細は分からない。

「『制圧』はまだまだですけどぉ、『攻略』はほとんど終わりましたぁ」

……なるほど、つまり土地の占拠は進んでないが、人の攻略は進んでいると。調略メインで進めていたのか……というか、これはもしかしてアレか。

「それは進んでないのか、進めてないのか」

「後者ですぅ」

なるほど、あえて進めていないと。つまりそうするだけの理由があるのか？

俺がその理由について尋ねようとすると、イレールの方から先に答えが返ってくる。

「リカリヤから火薬以外の軍事品をアキカール諸勢力が購入してますぅ」

……リカリヤから反乱軍への支援だと？　いや、これが無償なら完全に敵と見なせるが、普通の貿易か。黒に近いグレーだな。

帝国に余裕があれば、反乱軍への支援として抗議していたが、今は余裕がない。見て見ぬふりしかできない……厄介な連中だな。

「それなら尚更、アキカール＝ノベ侯領の港は押さえておいた方が良いんじゃないか？」

リカリヤからの物資の流入を絞れば、その分アキカール諸勢力は弱体化する。


すると俺の疑問に対し、イレールはきっぱりと答える。

「アプラーダに流れられるよりはマシだと思いましてぇ。アプラーダへ出兵する直前がタイミング的にも理想かとぉ」

アキカール地方へのリカリヤからの支援を断ち切ると、その支援先がアプラーダ王国になる可能性が高いだと？　いや、連中の目的を考えれば納得か。少しでも帝国の戦力を削ぐための嫌がらせみたいなものだし。

アキカール地方の反乱軍は互いに争っており、彼らが買った商品は帝国相手だけでなく反乱軍同士でも消費される。

一方、アプラーダ王国が購入するようになると、その矛先は帝国だけに向かう。より厄介になる……なるほど、確かにそうかもしれない。一理ある。

しかし驚くべきは、この女が依頼された仕事だけでなく、帝国全体の損得まで気を回していることだろう。

サービスまで充実しているとは素晴らしいことで。

「現状のままリカリヤからアプラーダ王国に支援はほとんどないと？」

「陸は分かりません。でもアプラーダ王国はリカリヤの仮想敵国ですぅ」

それはそうだ、隣国だしな。だから帝国の伸張を警戒するリカリヤの支援先が落ち目のアキカール反乱なんだろうし。

アキカール諸勢力がいる限りは、リカリヤとしてもリスクの低い選択をし続けるってことか。

「理解した、問題ないなら余としては構わん」

まぁそもそも、アキカール＝ノベ侯領海岸線の占領って、アプラーダ王国攻略の足掛かりとしてって話だし。極論、アプラーダ王国さえ攻略できれば、アキカール＝ノベ侯領は占領に失敗したって問題ないのだ。

後は他に何か言っておきたいことは……と考えていると、今度はイレール・フェシュネールの方から報告が上がってくる。

「あ、それと……私、皇太子に粉かけられちゃいましたぁ」

ちょっと照れた雰囲気を出して、イレール・フェシュネールはそう言った。

え、マジ？　もう直接会ってることが驚きだが、あの皇太子本当に節操無しだな……失脚の原因女関連なのにまるで進歩がない。

と、いうか……お前実年齢いくつだよ、イレール・フェシュネール。先代皇帝の愛人だったんだから、年齢は相当……いや、言わないし聞かないけど。

「帝国とか余には迷惑かけるなよ」

俺がそう言うと、イレール・フェシュネールは酷く残念そうな声を上げる。

「心配してくれないんですかぁ？」

心配されたいのか、お前。そういう玉じゃないだろ。というかなぁ……。

「余が？　先代を骨抜きにしたお前を？」

むしろこの場合、元皇太子の方を心配してやるべきだろう。先代の私財を自分に相続させるとか、表沙汰になれば稀代の悪女として歴史に名を残すぞ、こいつ。

「……それで本題はぁ」

話逸らしたな……まぁいいか。

今回コイツを呼んだのは他でもない。アプラーダ攻略の話をしたかったからだ。

「アプラーダ攻略を前倒ししたい。足りないのはなんだ」

黄金羊商会に「そんなに簡単じゃない」と怒られたようなものだからな。だが前倒ししたいのは事実だ。

とはいえ、これが本当に無理難題かといえばそうでも無さそうだ。実際、黄金羊商会はアプラーダ王国の海岸線に対し、散発的な攻撃を既に始めている。これは揚陸作戦を前にした準備攻撃……この女のことだ、情勢の変化を感じとって計画自体は早めているのだろう。

それでも、準備完了と言わないってことはまだ足りない何かがあるってことだ。

「勝てる兵士ですぅ」

……なるほど。それは誰だって欲しいが。というか、俺が一番欲しいかも。

しかしまぁ、言わんとしていることは分かる。大商会で大量の武装商船を抱えているとはいえ、船の数には限りがある。それに、船に乗せられる人数にも限界がある……必要なのは兵数よりも少数精鋭の強い兵士だろう。金で兵士は雇えても、精鋭兵まで雇えるとは限らない。何より、優秀な傭兵はとんでもなく高価だ……つまりコストカットだな。どこまで行っても商人だな、コイツ。

「船に慣れているかは知らないが、単純に戦闘で強い奴なら送れると思う」

「欲しいのはそっちですぅ」

俺の考えた通りか。船から一度に上陸させられる人数には限りがあるから、第一陣として上陸した後に少数でも敵を撃退できるような兵士が欲しいと。

となると、騎兵以外で精鋭兵を送ることになるだろう。馬は船に乗せる余裕がないだろうし、追加で馬用の餌も船に乗せなければいけない。まぁ、現実的ではない。

まぁ、必要になりそうだって予想は、俺にもできていた。ヴェラ＝シルヴィを呼び戻して、ヌンメヒト女伯と執事、皇帝直轄軍の魔法兵も送るとしよう。あとニュンバル弓兵も欲しいな。


「勝てるのか？」

ただ、それだけの人間を送るからには勝ってもらわないと困る。問題はそこにあるし、こうして呼び出したのもその確認がメインだ。

「全て指揮させていただけるのでしたらぁ」

なるほど、アプラーダ攻略軍の総指揮を。それなら勝てるという自信は大いに結構だが……その場合は当然、条件がある。


「自由は無くなるし、船や兵の詳細を共有してもらうことになるが？」

これは当たり前の話だ。皇帝軍を率いるからには、所属する兵と所有する船、ついでに隠し持っているであろう領地も共有してもらわないとな？

そんな意味を込めた俺の言葉に対する、イレール・フェシュネールの返答は極めてシンプルだった。

「では優秀な方が指揮官になっていただいてぇ」

まぁ、当然逃げられるよね。とはいえ、この作戦は黄金羊商会に大きく依存している部分もある。彼らの船が無ければ、そもそも実現不可能な作戦だからな。

「選ばせてやろう。誰がいい」

「チャムノ伯でぇ」

……なるほど、そうなるか。

確かに、アプラーダ方面の総司令はチャムノ伯だ。そのチャムノ伯の下で、地上軍も上陸する軍も、指揮系統を一本化するのは良いことだ。

ただコイツの狙いは違うだろうな。大前提として、チャムノ伯はアキカール地方でアプラーダ軍と交戦している。つまり陸軍の管理で確実にチャムノ伯は手一杯であり、海軍の方まで監督する余裕はない。

名目上はチャムノ伯の指揮下だが、実質的にはイレール・フェシュネールが指揮することになる。

「帝国の人間でもない、余に忠誠を誓っている訳でもない。そんなお前に、帝国兵の指揮権を完全に預けろと？」

「『リスク』と『タイムリミット』を天秤にかけたんじゃないんですかぁ？」

俺はイレール・フェシュネールと視線をぶつける。相変わらずむかつく表情だ。

俺はそこまでコイツを信用できない。正直、こんなことはしたくない。利害が今は一致してるだけの商人だ。それも、帝国と戦えるような強大な力を持った商人。

……だが、そうでもしなくちゃいけない状況なのも事実。

ていうか、コイツくらいにもなれば、俺がリスク度外視で速度を優先しようとしてることなんて、簡単に分かってしまう。


本当、憎たらしい奴だ。そして手強い。

「そうすれば絶対に勝てるんだな？」

「絶対はないですぅ」

イレールはそう言った後、俺の目をまっすぐ見据えて続けた。

「でもこれが一番勝率高いと思うのですぅ」

いや、もちろんその意味は分かる。ほぼ海軍もなく、上陸作戦なんてやったことない帝国軍の誰かが指揮するより、経験のある黄金羊商会が指揮を執った方が勝率は高い。

だが、こいつらは帝国に忠誠を誓っていない。こんなの、貴重な精鋭軍を他国に援軍として派遣して、しかもその指揮を現地の貴族に任せるようなもんだぞ。


黄金羊商会に兵を預けるリスク、それで得られるかもしれない戦果、それを天秤にかける。もちろん、俺も最初から分かっている。これは圧倒的に戦果の期待値が高い。任せるべきだ。

……でもなぁ、今は良いけど将来的なリスクがなぁ。黄金羊商会が帝国と敵対するようなことがあれば、今回任せた際に収集されるであろう情報が足を引っ張るだろう。

……いや、結論は出ている。あとは覚悟の問題だ。


……よし、このリスクは許容しよう。今回の帝国の精鋭兵の詳細な情報が彼らに渡るのは、仕方がない。

仮に将来、帝国と黄金羊商会が敵対すれば、帝国は苦戦することになるだろう。その時、未来の俺は今の俺を恨むかもな。

しかしまぁ、それは未来の俺に何とかしてもらおう。

「分かった。チャムノ伯の方には余から話を通しておく。頼んだぞ」

「ちゃんと対価に見合う戦果《商品》をお約束いたしますぅ」

まるで悪魔との契約だなぁ。

学芸会

その日、帝国の宮廷では諸侯が皇帝の御前で激論を繰り広げていた。

議題は皇王への対応について。皇王の亡命を受け入れ、現在の皇国を批判するか。あるいは亡命

を拒否し、皇国へ送り返すか。それを諸侯が話し合っていた。

はい、例の振り分け通りの会議です。全員で一人の観客を騙すマッチポンプだ。


「受け入れについては、断固反対いたします。即刻、皇国へと送り返すべきです」

そう主張するのは、先日正式に法務卿として任命されたシャルル・ド・アキカール宮中子爵だ。

「そのようなことをすれば、臆《おく》したかと陛下は諸国の笑いものになろう！」

そう叫ぶのはラミテッド侯……ちなみに口調がおかしいのは、ファビオ曰く「普段通りだと、つい本音で悪態ついてしまいそうなので」とのこと。

「陛下！　ここは亡命を受け入れ、非道なる連中の行いを世界に知らしめるべきです」

ファビオは武官の意見を代表して、という形をとるらしい。あぁ、ちなみにファビオが武官の代表者面することについては、ワルン公とチャムノ伯には断りを入れてある。


「では受け入れてどうなります？　我らに利がございません」

「これは損得の話ではない、正義の戦いだ」

ちなみに、二人には激しく争ってくれと言ってある、けど二人ともまだまだ遠慮してるよね。そこはもう、相手を罵倒するくらいの勢いじゃないと。今回の観衆は騙せても、元ダロリオ侯は騙せないだろう。

「では皇国が、亡命を受け入れた帝国に対し宣戦布告してきたらどうなるのです」

皇国の行動は、皇国次第だ。今は時間を稼げそうとはいえ、絶対はない。万が一に対して備えるのは重要だ。

「蹴散らせばよかろう！」

お、言いつけ守ってる。いや、実は事前にラミテッド侯にはアドバイスをしておいたのだ。たとえば、「皇国の兵には勝てる」みたいな、皇国を貶めたり、下に見たりする発言は避け、あくまで批判するのは貴族にしておくように、とかな。

それはこの会議に唯一、亡命組から参加している男の性格を読んでの対策だ。

「陛下！　何卒、逆賊共に正義の鉄槌を！」

皇国らの亡命組で、唯一この会議に参加しているのは、元皇太子ニコライ・エアハルト。他の人間には一切参加させていないし、今後も基本的には参加させるつもりもない。

「うむ、余としても受け入れたいところではあるが……」

ニコライ・エアハルトだけ参加させたのは、この男が自分の発言力を気にするタイプであり、野心もあり、そして良い感じに馬鹿だからだ。

まず、皇王ヘルムート二世、アレはダメだ。政治のことに興味ない……というより、面倒なことは避けて、好きなものを食って好きなことをやっていたいっていうタイプだな。

たぶんだけど、あの男が皇国に帰りたがっているのも、亡命生活ではできることに制限があるからだ。逆に言えば、制限なく望むものを与えたら、亡命生活でも構わないと思ってしまう人間である。まるで傀儡になるために生まれてきたような性格をしている。

当然、政治に関心などないから会議には参加したがらない。そして俺としても参加させたくない。なぜならコイツ、全く空気読めないからだ。自分の命令は聞いてもらって当たり前だから、相手がどう感じるかとか何考えてるかとか全く考えていないのである。そのくせ、皇王だから発言力だけは有り余っている。

そんなヤツ、会議ではコントロールできないので、与えた客間に封印している。今頃おやつでも食ってるか、連れてきた妾とよろしくやってんだろ。


次に、元ダロリオ侯アロイジウス・フォン・ユルゲンス。こっちは逆に、びっくりするぐらいまともな貴族だ。貴族の中では、割とクリーンな方である。そのせいで、いつの間にか嵌められて失脚し、いつの間にか皇王派と目されていたため、仕方なく亡命についてきた人間だ。

この男は優秀だ。だから扱いにくい。掌で転がすなら馬鹿に限る。彼には看破されそうなので、こういった場所には一切入れさせない。

彼に対しては、宮中伯に可能なら調略するよう頼んである。だが、この手の人間はそう簡単に上手くはいかない。もっと追い込んで、このまま皇王に仕えても絶望的って思わせないとな。

ちなみに、自身の発言力や権威に拘るニコライ・エアハルトは、元ダロリオ侯の参加が許されず、自分だけが参加している現状に舞い上がっている。この男、自分だけが参加していることに対する責任感とかはなく、ただ特別扱いされてることに気持ち良くなっている。まぁ、自分の権力に飢えた男だからな。才覚が無いだけで。

まぁそもそも、皇王は「長男だし、自分が庇ったんだから」って当然のように元皇太子のことを信じきってしまっているが、表向きは皇王の長男として皇王のために動いているように見えるこの男、たぶん皇王のこと何とも思ってないし、自分の名誉欲を優先するタイプだぞ。

だってそもそもコイツ、皇王を差し置いて権力握ろうとして、その結果失脚したんだし。

法務卿……シャルル・ド・アキカールとファビオは尚も激論を繰り広げる。

「その場合の予算は？　いったいどこから捻出するのですか」

そこに時々、主に財政面での懸念を財務卿であるニュンバル侯が述べ、俺が感情論で皇王らを擁護する……といった感じだろうか。これで、まるで二対二かのように見せている。

財務卿に金銭関係の口出しをさせるのは、亡命組に対するけん制とプレッシャーだ。無尽蔵に金がある訳ではないとアピールすることで、連中が要求する金銭支援を少しでも抑える狙いだ。だって帝都での滞在費だって、全て帝国が負担しているのだから。

あと、俺がこうしてわざと口出ししているのは、俺が皇王寄りの立場と誤解させるためというのと、俺が実は自分の意見をあまり強く通せない、家臣の言うことを聞かざるを得ないタイプの君主と思い込ませるためだ。

油断させるのって、昔から得意なんだよね。

「しかしなぁ、どうにかできないものだろうか。余も奸臣共に踊らされた手前、皇王のことはどうしても助けたい」

俺が仰々しくそう言うと、ニュンバル侯はわざとらしくため息を吐き、こう言った。

「では、陛下の私財を投じるというのであれば構いません」

お、めちゃくちゃいいパス。さすがニュンバル侯だぜ。

「なに！　余の私財だと⁉　それは……」

尻窄みになるように、俺は徐々に声を弱らせる。まるでそれは嫌だと言わんばかりの態度……任せてくれ、愚帝の演技だけは自信があるんだ。

そんな感じで、この日の会議では結論を出さず、ひたすら「金の問題が解決できたらなぁ」感を出した。露骨にニコライ・エアハルトに話振ったりしてな。

＊＊＊

こうして、皇王一行の亡命を正式に受け入れる前に、少し時間を空けることにした。もちろん、彼らを受け入れるのは既定路線だ。それでも、少しでも帝国の利益になるよう、焦らしている段階だ。

せいぜい元皇太子には狙い通り動いてほしいね。


さて、今日は仮病の間に溜まった書類の決裁を進める日だ。書類に目を通しながら、俺は呼び寄せた宮中伯に、目も向けずに話しかける。

「宮中伯、相談がある」

「なにか」

それは密偵に可能な任務かどうかの確認である。

「秘かに反皇国同盟を組みたい。皇国に捕捉されないようにというのは、密偵に可能だろうか」

もう俺の中で、皇王の亡命は受け入れることに決定している。その後は皇国相手に時間を稼いで、その間に他の戦争を終わらせ、フリーな状態で皇国に乗り込む。その際、俺は皇国と敵対している周辺国ともコンタクトを取り、合従軍として皇国を攻撃したい。

というか、そうでもしないと補給が持たない。あと敵の戦線を増やさないと、皇国のような敵に確実には勝てない。

「すぐに同盟、とはいかなくてもいい。ただ帝国がそれを望んでいるということを、皇国に分からないように匂わせたい……いざ同盟をとなった時に、話が速やかに進むようにしたいのだ」

俺がそう言うと、宮中伯は難しい、と言わんばかりの声色で話し出す。

「密偵の得意分野ではありません……どうしても警戒されてしまいます」

まぁ、やっぱりそうだよね。そんな気がしたから可能かどうかの確認から入ったんだ。

密偵という存在は当たり前だが怪しまれる。ましてや情報を集めるのではなく、他国の人間にメッセンジャーとして接触するのはリスクが高い。密偵はバレたら、捕まって拷問されてもおかしくない存在なんだし。

「他に良い案はあるだろうか」

俺がそう訊ねると、宮中伯ははっきりと聞こえる大きさの、深い深いため息を吐いた。

「『語り部』を使ってみては」

宮中伯と恐らく因縁深い『アインの語り部』、敵対していて嫌いあっていると思っていたが、互いに評価もしているようだ。仲はやっぱり悪いけど。

「卿がそういうのであれば」

ヴェラ＝シルヴィの護衛の時もそうだったけど、本当に嫌そうに紹介するよね、宮中伯。

この男がここまで感情を出すのも、珍しかったりする。

そういった事情もあってか、呼び出されたダニエル・ド・ピエルスは不機嫌そうな表情を隠そうともしなかった。

「西方派の乗っ取りは上手く進んでいるか？」

俺は世間話でもするような雰囲気で、皇帝としてあるまじき発言をする。帝国の皇帝は西方派の守護者たる立場だ。それを守るべき人間が、西方派ですらない人間に西方派を任せようとしているのだから。

「順調です。司典礼大導者も、司記大導者もほぼ無力化しました。両局からの支持も取り付けておりますので、あとは不満を抱くものを排除してしまえば」

うーん、素晴らしい。あまりに無駄のないスムーズな乗っ取り。命じてからまだそんなに経ってないのに、ここまで手際が良いとは。


「それで、ご用件は」

「反皇国諸国家と秘かに同盟を組みたい、そのために仲介役に卿らが良さそうだと聞いた」

俺がそう言うと、ダニエル・ド・ピエルスは「なるほど」と納得したようだった。

「確かに、我々に伝手はございます。しかし、密偵のように使い勝手は良くないでしょう。せいぜい『目当ての存在と接触するための伝手』くらいにお考えください」

なるほど。細かい指示ができる感じじゃないのか。潜伏してる部下が……って感じじゃないのか。

「具体的には何ができて何ができない？」

「我々は同じく『アインの語り部』と接触するだけですが……陛下、『アインの語り部』についてはどこまでお話し致しましたか」

アインの語り部……それは聖一教教祖にして転生者であるアインの言葉を守る者たちだ。彼らの特徴は、あくまで教祖の言葉を守っているだけであり、聖一教ではないということが。

まぁ、宗教というものは長い年月を経て、教祖の教えから変質してしまうものだからな。

「陛下。以前話したかもしれませんが、私は『アインの語り部』の代表という訳ではありません。『アインの語り部』に特定の当主はおらず、私は帝国にいる『アインの語り部』の面倒を見ている存在で、それ以上でもそれ以下でもありません」

それについては何となく理解している。これは恐らく、彼らの活動理念が理由だろう。

「『アインの語り部』の活動理念は三つ。一つ、世界の針を進めること」

時計の針を進める……彼らが言うには、この世界は停滞していたという。かつて「白紙戦争」と呼ばれる世界が滅びかける戦争により文明は崩壊し、その後長い間世界は少しずつしか進んでこなかった。文明の発展が遅かったということだ。

その状況を打破したいと考えていた者たちの下に、「進んだ科学文明」の世界から転生者アインが生まれた。

彼らは、神が自分たちと同じ考えを持っており、アインは世界の時計の針を進めるために送り込まれた存在だと考えた。以降、彼らは「アイン」と同じ価値観と目的を共有する存在となった。

つまり『アインの語り部』とは聖一教ではなく、『アイン』の盟友の子孫と位置付けるべきだろう。

「一つ、アインの教えを曲げない事。一つ、アインの意思を継ぐこと」

そこで一度言葉を切り、老エルフはさらに続けた。

「逆に言えば、この三つさえ守ればいい。よって『アインの語り部』は組織ではなく共同体です。私は西方派に潜り込むという手段を選びましたが、別の手段で以て目的を達成しようという者も多い。私はあくまで、『アインの語り部』の中の、帝国に潜伏した集団のまとめ役にすぎません」

時計の針は進めたい。だが魔法文明は滅びの結末を迎えた存在のため、それに関連したもの……具体的にはオーパーツや遺跡は極力封印したいと考えている。それが彼らの間で共通した認識らしい。

「それで、天届山脈以東に『アインの語り部』は多いと？」

「というより、皇国と敵対する国家に流れやすい、でしょうか」

『アインの語り部』は聖皇派とそんなに相性が悪いのか。

聖皇派を国教とするのは皇国系の国家であり、皇国と敵対する国では聖皇派は国教にならないからな。

「皇国は遺跡を積極的に利用しようとしているので。封印したい我々にとって、彼らは許し難い存在なのです。よって、多くの語り部が皇国と敵対的で、遺跡の利用に消極的な国に流れました」

なるほど……聖皇派ではなく、「皇国そのもの」の国策に反発しているのか。オーパーツやダンジョンを「世界を破滅に導く存在」と考える『アインの語り部』にとって、これを積極的に利用しようとする皇国は度し難い連中として映る訳だ。

それにしても、俺はてっきりもっと小規模な存在だと……いや、思い出した。そう考えてしまった原因、この男との初対面での会話を。

――余は『アインの語り部』の行動原理や思想について、ある程度理解した。それで？　組織としての規模はどの程度なのだ。

――人数で言えばごく僅かです。

……この時、俺は『アインの語り部』全体の人数を聞いたつもりだったが、俺は「組織」という言葉を使った。だがダニエル・ド・ピエルスは先ほど、『アインの語り部』自体は組織ではなく共同体だと言った。

ごく僅かなのはダニエルの命令を聞く帝国内の「組織」の人数であって、「共同体」の人数ではないと。

……コイツ、まだ信用できるか分からない俺から、帝国以外の『語り部』をきっちり守っていたのか。

出し抜かれた感じがすごいが、まぁいい。

「つまり今回の『対皇国同盟』という一点においては卿の傘下にいない『語り部』たちも協力してくれる可能性が高いと？」

「はい。ですがあくまで可能性というだけであり、命令できる訳ではありません。しかし、君主の耳に入るようにはしてくれると思います……同じように、聖職者として正聖派や守教派に入る者は多いので」

この老エルフのようにか……そうなれば、高位の座にいたりもするだろう。

ちなみに正聖派も守教派も、天届山脈以東の非皇国系国家で信仰される宗派だ。

「彼らを経由して、各国に密使を送りたい。対皇国同盟を結ぶための足掛かりとしたい」

「一歩目にはなるでしょう。そこから先は分かりませんが」

十分だ。今必要なのはメッセンジャーであり、今重要なのは皇国にバレないということ。あくまで表向きはすぐに皇国と争うつもりは無いというアピールをしたうえで、裏で秘かに反皇国同盟を組む。

「それでいい。では、仲介を頼む」

これまでは対帝国包囲網と言ってもいいくらい、周辺国は協調して帝国と対立してきた。その中には、皇国の関与も確認できている。

やられたことをこちらもやり返す。今度は対皇国包囲網だ。

はねやすめ

少しだけ時間を捻出した俺は、ロザリアのところに顔を出していた、

「悪いな、なかなか顔出せなくて」

ロザリアが自らの手で淹れたお茶をもらいながら、俺はそう謝った。普通の皇帝はこんなに宮廷の外には出ないから、もっと妃との時間があるのが自然だろう。

俺は自分で言うのもなんだけど忙しい。あと何より、ロザリアがあまり我儘とか言わないからそれに甘えてしまっている側面もある。

「私は平気ですわ。それより、お体は平気ですか、陛下」

体？　まぁ、忙しくてちょっと寝不足の感は否めないが、まったくもって平気だ。

ぶっちゃけ、傀儡時代の方がしんどかった。あの頃は監視の緩む夜中に訓練とか勉強とかしてたからね。

「特に問題はないけど……なんでだ？」

俺がそう訊ねると、ロザリアはクスクスと笑った。

「病だったのでしょう、陛下」

あぁ、そういう。完全に仮病だって分かってるだろうに。

だがロザリアは、笑顔を浮かべると、さらに続けてこう言った。

「なんでも、エタエク伯が何日も付きっきりで看病なされたとか」

心臓止まったかと思った。……というか、笑顔なのが怖いよ。

「仮病だから。しかもそれ護衛だから」

「あら、そうですか」

声色は、怒って無さそうだ。むしろ冗談を言っただけのような……いや、洒落にならないけど？

というか、なぜか女性関係について信用無さすぎない？　俺。

「もし手をお出しになられたら、ちゃんと側室にしなくてはいけませんよ？」

「出さないよ。そんな人を節操無しみたいに……」

俺が少しムキになって反論すると、ロザリアは朗らかに笑って言った。

「賑やかな後宮というのも楽しそうですけど」

えぇ……絶対いやだよ。その後宮、ギスギスしてて心休まらなそう。


「というか、同じ天幕で暮らして思ったが……あれは本当に男として育てられている」

なんというか、女性らしさを感じたことは一度も無かった。まぁ、比較対象がお姫さまであるロザリアたちなのが悪いのかもしれないけど。

「あんなの見たら、百年の恋も冷めるぞ」

それにしたって酷かった。それくらいのものを見てしまった。

まぁ、常に快活だから、天幕内の雰囲気が悪くなることは無かったけどな。

ロザリアのお陰で妃間の関係は悪くないし、いらないだろう。

「それは残念ですわ。でも、側室を加えるときはちゃんと相談していただきたいですわ」

だから増やさねぇって。


そして少しの間が空いて、ロザリアはぽつりとつぶやいた。

「また前線へ行かれるのですか？」

「あぁ。そのことを伝えに来た」

ちょっと悲しそうな顔をするロザリアに、俺はそうせざるを得ない理由を説明する。

「誰から耳にしたのか知らないが、ジョエル・ド・ブルゴー＝デュクドレーが皇王に気に入られ、皇国伯爵の称号を与えられた」

彼は前回のロコート王国との戦争……第三次アッペラース戦争において、ロコート王国を相手に連勝した将軍だった。話によると、ロコート王国の首都にまで到達したという。だから本当は、今回の戦争でも皇帝直轄軍の指揮を執ってほしかった。

だが彼は、元々皇国からの亡命貴族の家系であった。それを聞いた亡命組連中は、自分たちが動かせる指揮官が欲しかったのもあり、即座に伯爵号を与えてしまった。

「それは……陛下に断りもなく？」

「あぁ」

困惑した表情でロザリアは首をかしげる。

「それは……非常識なのでは」

俺の直臣になっていたジョエル・ド・ブルゴー＝デュクドレーを、俺に断りもなく勧誘したあげく、称号を与えて引き抜いた。

マナー違反、というレベルじゃない。他国がやったら関係は悪化し、最悪の場合戦争までいく。

相手が皇王ってのが本当に面倒だ。同格相手だから俺が命令できない。

法の専門家たるシャルル・ド・アキカールも、「行動を制限することはできても、罰するのは無理」と言っていた。

だから一度与えられた爵位を撤回させることもできない。ジョエル・ド・ブルゴー＝デュクドレー本人は、帝国貴族と皇国貴族の両方に属している認識らしいが……爵位を受け取った時点で、俺はもう軍指揮官として彼を信用できない。

まぁ、彼の立場からすれば皇王からの爵位の下賜を断る方が難しいってことだろうけどな。それでも、失望はある。


「そういうのばっかだ」

口からは思わず、愚痴があふれ出る。

「勝手に皇国の人間に手紙を出そうとするわ、勝手に帝国貴族を雇ったり囲い込んだり。挙句の果てには、罪人を許せと口出ししてきた」

「ええと……罪人ですか？」

正直、一番頭に来たのはその件だ。

「あぁ。連中が皇国から亡命してくるときに、賄賂を受け取って黙っていた貴族と、亡命に協力した商人。帝国の法に則り処分するはずだったこいつらを許してやれと言ってきたんだ」

なーにが許してやれ、だ。自分たちの立場を弁えてもの喋れよ。絶対分かってないだろう。

「えぇと……まだ正式に亡命を受け入れた訳では無いのですわよね？」

「あぁ、恐ろしいことにな」

あいつら、絶対に後先考えて行動していない。呆れを通り越して心配になってくるレベルだ。

予想はしていたが、好き勝手してくれる。そりゃ皇国から逃げようとしても黙認されるわ。対皇国の大義名分として必要だから確保しているが、いるだけで強烈なデバフとして作用するんだもんな。

特に皇王は本当に何も考えてないと思う。罪人を助けるよう口出ししてきたのは、本当に世話になったと思ったからだろう。いや、じゃあそもそも賄賂贈んなよ……って常識は通じない。

元皇太子ニコライ・エアハルトの方が三下だがまだ理解できる行動を取っている。あいつはこの国で発言力を得るため、ひいては皇王より実権を自分に集めるため。人材の引き抜きを行っている。

ちなみに、元ダロリオ侯アロイジウス・フォン・ユルゲンスはそのたびに反対しているが、止められずにいる。ブレーキの効きが弱すぎるな。

まぁダロリオ侯は、このままだと見限られると主張しているがそんなことはしない。地獄に落ちるまで利用してやるよクソが。

「その者たちは、お許しになられたのですか？」

まともな教育を受けてるロザリアも罪は罰せなければならないと分かっている。こういうところで前例を作ると、あとで良くないことになることも。

そんな懸念が滲む声色のロザリアに、俺は安心しろ、と笑いかける。

「いや、それについては不幸中の幸いと言うべきか、ティモナが気を回してくれてな」

俺もかなり驚いたが、そんな理不尽な要求と言うか、介入に腹を立てた翌日のことだった。

＊＊＊

「申し訳ありません、陛下。例の貴族と商人の身柄ですが、捕らえようとしたところ激しく抵抗され、その場で殺さざるを得なかったとの報告が入っております」

ティモナはいつも通り、集まった連絡や情報を整理し、俺に報告していたが、その中で突然、片膝を付き、そう謝罪した。

「私の失態です。お許しを」

俺はこの時、かなり突拍子のない話で面食らっていたが、すぐに意味を理解して思わず笑った。

「そうか、拘束しようとしてやむなくか。それは残念だが仕方ないな」

抵抗されたんだから仕方ない。皇王一行は不快に思うかもしれないが、死んでしまったものは仕方ないし、抵抗されたんだから仕方ない。過失であり、抵抗した方が悪い。

真相がどうかなんて俺は知らない。俺がそうするよう命じた訳でもない。これを材料に俺が攻撃されることは無いだろう。


俺は、我ながら悪い人間になったなと思いつつ、ティモナに訊ねた。

「表向きの報告は聞き入れた。それで、ティモナが密偵を使って処理したのか？」

そもそも、彼らを捕らえて護送するなんて仕事、忙しいティモナに俺はわざわざやらせない。なのにティモナが「自分の失態」として謝罪したということは、ティモナが密偵に命じて秘密裏に処理したということだろう。そして謝罪の意味は、俺に伺いを立てず、勝手に動いたことへの謝罪ってことだ。

「はい。面倒なことになる予感がしましたので」

しかも、この言い方では助命嘆願される前から殺す決定をしていたということだ。


俺は優秀な仕事ぶりを発揮したティモナに訊ねる。

「宮中伯はなんて？」

「甘い、と言われました。当人だけでなく、一族郎党殺さなければ見せしめにならないと」

それは……いや、流石だな。ここでやりすぎではないかと躊躇ってしまう俺の方が、為政者としては間違っている。

「だがティモナはそうしなかった」

「警告という意味であれば、これだけでアロイジウス・フォン・ユルゲンスらには十分に伝わります」

やはり、ティモナなりに考えがあってのことらしい。

「ですが、仮に一族郎党殺しつくしたところで、伝わらない者には伝わりません」

これは……皇王のことを指してるんだろうなぁ。


まぁ、外見的なアレでティモナは皇王に近づかせないようにしているが、それにしてもティモナの皇王に対する態度が露骨すぎる。

「それと、今回向かわせた密偵には、『ロタールの守り人』を偽って名乗らせました。仮に遺族が復讐を目論んでも、その矛先は宮中伯です」

「いや、それはダメだろう」

流石の俺も、それはどうかと思う。ヘイトが皇帝に向かないようにしたいのは分かるけど、無関係の宮中伯が巻き込まれるのはいったいどうなんだ？

そんな懸念を他所に、ティモナはきっぱりと答えた。

「あの男なら、問題ないでしょう。そういったことには慣れています」

「いや、それは……うーん……まぁ、いいか」

宮中伯なら、と俺も思ってしまったので、これ以上何か言うことはできなかった。

とまぁ、そういうことがあった訳である。ほんと、ティモナが優秀で助かるよ。

ちなみに、宮中伯からは特に何も言われていない。まぁ、もしかすると俺の知らないところで宮中伯とティモナの間で話があったのかもしれないが。


「しかしまぁ、あんな皇王だからこそ、みんな生かしておいたんだろうな。次期皇王へ『禅譲《ぜんじょう》』させるためだけの存在として」

俺だけじゃなく、皇国でも利用されるために生かされてた。今各派閥に擁立されてる皇太子もそんな感じだろうなぁ。


「禅譲、ですか?」

あまり聞き慣れないという様子のロザリアに、俺は説明する。

「君主が血縁者以外にその地位を譲ることを指す言葉だ。君主の座を無理やり奪う『簒奪』とは違い、平和裏に王朝交代が行われる……ってことになっている」

まぁ、「禅譲」っていうのは地球の東洋圏の歴史によく出てくる概念だから、この世界でもその言葉が最適かは分からないが。

「簒奪は分かりますわ……ですが、それがまかり通るような状況で、君主の座を譲ってしまえば、その先は自明の事に思えますわ。なぜ譲られてしまうのでしょうか」

さすがはロザリア、よく理解している。そんな状況になるってことは、もはや君主にはその冠くらいしか残ってない状況だ。そんな状況で、自身の身を守る唯一の術まで手放したら、まぁ確実に殺されるだろうね。


「簡単な話だよ。刃物を突き付けて禅譲を迫るんだ」

「それは……簒奪と変わらないのでは」

実際、地球の歴史上では禅譲と称していても、譲られる側が強制して行ったパターンは非常に多い。というか、ほぼ全部そうだったんじゃないか。

「それでも、殺して奪うより奪ってから殺す方が、冠は汚れないからね」

実際には簒奪に近いものでも、新王朝の正統性を示す演出として行われるのが禅譲だ。

ちなみに、禅譲した先代王朝の一族を殺さずに保護した王朝もあった。だから絶対に殺されるとは言い切らないが……まぁ、禅譲すれば九割は殺されるね。


「皇国は、聖一教を受容して以来一貫して『皇国』を国号としている。今はテイワ朝だからテイワ皇国と呼ばれているけど……彼らも先代王朝の最後の皇王から、禅譲を受けて始まった王朝だよ」

だから、テイワ朝を滅ぼすときも禅譲させよう。それが皇国貴族の共通認識だった……たぶん、王朝の創始者の座を巡って熾烈な争いがあったはずだ。

そんな時に当の皇王に逃げられるとか、寝耳に水ってレベルじゃなかったろうな。

……俺にとってもな！

仮に愚帝列伝とかあったら確実に名前が載るであろう皇王だぞ。後世の歴史には、亡命先の国家を二分しかけるとか書かれるんじゃないだろうか。

しかもその長男まで酷い。煩いし出しゃばりだし本当に大変。

「今日の会議も酷かった……」

会議は踊る、されど進まず……まぁ俺たちの場合は進ませず、なんだが。

「ですが、予算の都合はついたと聞きましたわ」

「あぁ、そこは思い通りに動いてくれて良かったよ」

俺は会議の場で予算不足を前面に押し出した。それを真に受け、予算の都合がつけばいいと考えたニコライ・エアハルトは、大量の商人や帝都の中小貴族に金を捻出させてこれを予算とした。

たぶん、商人や中小貴族には自分が皇王になった暁には、みたいな利益をちらつかせたのだろう。そんな何の確証もない空手形を乱発する方も方だし、それを真に受けて金出しちゃう方も問題だ。

まぁ、そもそも予算不足ですらないんだけどね。新硬貨の発行による帝都の好景気や、黄金羊商会から大量の金を借りられるので、出そうと思えばいくらでも出せる。

でも帝都でまともに働かないから職にあぶれているような貴族共が、一斉に皇王一行に群がったのを見て、これは金巻き上げられるなって思ったから金が無いという嘘を吐いたのだ。

金さえあればいいと騙されたニコライ・エアハルトと、その口車に乗せられて「金さえ払えば楽においしい思いできる」と考えた馬鹿共。

「払わせた金はそれなりにまとまった金になった」

どうせ、どいつもこいつも商人から金借りたんだろう。いい加減心を入れ替えて真面目に働けばいいのに、利権に群がるしか能のない連中だ。

そんな連中相手の、新手の詐欺みたいな流れで集めた金だ。

「ちゃんと使うよ、皇王らの滞在費にな」

ニコライ・エアハルトはこの金で俺が皇国と戦う備えに金使うと思い込んでるけど、俺はそんなこと一度も言ってないし。

つまり、皇王一行が帝都で使う金を、皇王一行らに稼がせただけだからな。働かざるもの食うべからず、ちゃんと還元してやってるだけ、俺は皇王一行に対し相当甘いぞ。

え？　金ないのに借金してまで資金供出した帝国貴族？　知らん。そのまま金の担保に命とか私邸とか持っていかれた方が帝国のためになるんじゃなかろうか。

まぁ、話を戻して、だ。

「ともかく、ジョエル・ド・ブルゴー＝デュクドレーが引き抜きを受けた。それが本人の望んだ物かどうか分からないが、もう信用できない」

皇国の息がかかった時点でアウトだ。少なくとも皇帝直轄軍の指揮は任せられない。もう信用できないのだ。

「皇帝直轄軍を動かせるのが俺しかいない」

ほんと、やってくれたなって感じである。

「だから俺が皇帝直轄軍を動かすしかない」

もちろん、例えば影武者を作って皇帝直轄軍を率いさせ、その間宮廷に引き籠る……みたいなことも可能と言えば可能だ。あくまで名目上は俺が動かしてるってことにすればいい。だが俺の性格上、そんなことするくらいなら戦場に出るってことは、ロザリアも理解している。


ロザリアは、何かを言いかけていた。だがそれを押し殺して、困ったような笑みを浮かべた。

「……どうかご武運を」

俺はハグするように、ロザリアを抱き寄せた。

「いつも心配かけてすまないな」

それでも、俺はこの選択が最適解だと思って動き続ける。皇帝として、帝国のために働き続ける。

そして何より、今回みたいにリスクを負った作戦を立てるなら、皇帝の存在ほど罠に使える材料もないだろうし。

そんなこと考えていると、耳元でロザリアが囁いた。

「ちゃんと次はナディーヌのところに行ってあげて。順番どおりに、ですわ」

「今それを言うか」

今は他の女のこと考えないで！　……これちょっと一回言ってみたいかも。

勝負手

俺が二人と過ごす時間を作っている間も話は進み、無事に資金問題に解決の目途が立った……ということで、反皇王受け入れ派だった財務卿が賛成派に回り、御前会議で皇王一行の亡命受け入れが正式に決まった。

そして最後まで執拗に反対していたシャルル・ド・アキカールは、皇帝の私室にて一人、皇帝からの呼び出しを受けていた。

「お呼びとのことで、参上いたしました」

「おう、そんなとこで傅《かしづ》いてないで座れ……護衛ご苦労、近衛は外で待機しろ」

シャルル・ド・アキカールをソファに座らせ、その正面に座る。

執事としての能力も平均以上にあるティモナが、紅茶を淹れてテーブルに置く。ちなみにこれは、軟禁していた際にシャルル・ド・アキカールが妻からよく差し入れてもらっていた銘柄だ。

それに気付いたのか、シャルル・ド・アキカールはすぐに礼を言った。

「ありがとうございます。いただきます」

まぁ、いきなりの呼び出しで勘違いしているかもしれないから、俺はしっかりと本音を話そうと思う。

「損な役割をさせてすまなかったな。陰ではいろいろと煩かっただろう」

これは想像でしかないが、皇王も元皇太子もあの性格だ。自分たちを受け入れるべきではないと批判したシャルル・ド・アキカールのことは酷く嫌っていただろうし、それを口にしたり態度に出したりするような人間だ。間違いなく、面倒だっただろう。

「いえ、お役に立てたのであれば幸いです」

「そんな中で悪いんだが……次の仕事を頼みたい」

俺がそう言うと、シャルルはすぐに身構える。

「色々と複雑だから本音で話そう。皇王一行の受け入れが決まった今、それに強く反対していた卿の存在は、意思統一を図るという意味では邪魔になるだろう」

裏で最初から配役が決まっていたなんて知らない連中からすれば、そう見えて当たり前だ。

「そこで次の仕事なんだが……皇国へ行ってもらいたい」

「皇国ですか？」

これは予想外だったのか、流石のシャルル・ド・アキカールも驚きを一切隠せていない。

「表向きには……卿から願い出て、余がそれを渋り、諸侯の賛同を受け、仕方なく許可を出した……という体裁にしよう。代わりに疑り深い余は、卿の家族を人質代わりに宮中に留め置く。あとはそうだな……法務卿の職務を一旦停止だな。取り上げない代わりに休職扱いだ」

「お、お待ちください」

いきなりつらつらと話され、理解が追い付いて無さそうなシャルルはそれを止めようとする。

「まぁ落ち着け、表の話はまとめてしてしまおう」

しかし、ここで止めると誤解が生まれかねないので、俺はさらに続ける。

これはあくまで表の設定と表向きの職務である。

「卿の役割は、外交官として皇国に提案をすることだ。皇王ヘルムート二世の皇王復帰と、元皇太子ニコライ・エアハルトの皇太子復帰。ついでに一行が帝都で乱発した官職や与えた確約の履行も求めろ」

「それは……命がけの任務になりましょう」

うん、言いたいことは分かる。皇王と皇太子の復帰の時点で内政干渉なのに、そいつらが自分たちの与り知らないところで勝手に約束した褒美を即時払えとか、皇国からしてみればケンカ売ってるのかってレベルだし。

「普通の人間ならな。そして皇帝が、そんな殺されてもおかしくない役割に卿を据えたのは、卿を処分するためだ……と考えるだろう」

だが、そうはならないだろう。皇王らはアレだが、皇国の貴族は馬鹿ではない。シャルル・ド・アキカールが自らこの任務を願い出た、となれば……簡単に想像がつくだろう。

「卿はその裏で、自身が亡命するための根回しをしつつ、各派閥との関係を強化する。そして帝国の苦境を喧伝する。ただし、帝国の監視役にバレないように、時間をかけて少しずつだ。あと、それよりも先に新皇王の擁立を急がせるべきだな」

俺ちょっと一気に伝えすぎたかもしれない。混乱した様子のシャルルは、声を震わせる。

「何をおっしゃって……」

まぁ、帝国を裏切れって皇帝に言われてるようなもんだからな。混乱して当然か。

「お前は余の対抗馬のように振る舞え……それが裏の設定だ」

これが、シャルルに反皇王派として矢面に立ってもらった理由だ。実は最初から、彼には皇国に行ってもらおうと思ってた。それを勘づかせないための法務卿任命だしな。

「裏の……設定？」

「卿が帝国でどのような立場で、どのような意見を持ち、どのような経緯で皇国に行くことになるか。それを知っている皇国なら、この裏の設定を疑わないだろう。各派閥が対帝国の切り札として卿のことを求めるだろう。上手いこと転がして時間を稼げ」

念のため、それらの情報を宮中伯が敢えて泳がしている皇国のスパイに渡すつもりだが、そんなことをしなくてもたぶん情報は渡るだろう。


「時間稼ぎ……」

「そうだ。こちらから使者を送り揺さぶってはみたが、それでも皇国に対する確実な時間稼ぎとは言えない。帝国に対する脅威論が派閥間の対立を一時休戦とさせてしまうかもしれない。そうならないよう、時間を稼いでくれ」

これが俺の考え得る最高の時間稼ぎ。シャルルを敢えて皇国の手に渡すことで、心理的な余裕を与えるのだ。

「卿は余に子が生まれない限り次期皇帝候補の筆頭だ。帝国において、血筋で唯一対抗馬になり得る存在だ。皇帝にとって、皇国に寝返られたり、亡命されたりしたら非常に厄介な存在となる」

「だから、あえて送り込むと?」

俺はシャルルの言葉に頷く。そう、そんなシャルルの身柄を自分たちが握っていると皇国の連中に錯覚させる。皇帝が皇王を擁して攻めてきたら、カウンターとして自分たちはシャルルを擁して帝国に攻め込めばいい……そう思わせることで、偽りの余裕を与える。時間的にも状況的にも、自分たちはまだ政争を続けて大丈夫と思わせる。これが俺から皇国に対する一手だ。

「安心しろ、そう信じ込ませるために色々と芝居を打ったんだ。間違いなく、亡命者の一行に密偵が交じっている。その者が卿の境遇も全て話してくれるであろう」

「それは……密偵が既に見つけているので？」

まぁ、普通はそうするよなぁ。けど、裏の世界において、宮中伯ほど優秀な奴もそういない。

「いいや。怪しまれぬよう、最低限の探りしか入れずに、あとは放置しているそうだ」

だから本職のスパイは、見つけてないというより見つけられない。そうでもしないと、活発に動いてくれないかもしれないからな。

「シャルルよ。卿はアイツらが自力で幽閉先から脱走して帝都まで逃げ込めるような連中に見えるか？」

「それは……見えませんが」

お、よしよし。なかなか本音で話せるじゃないか。

「確実に協力者がいる。そして余がその協力者なら、一行の中に密偵を潜ませる……確実にな」

だがそれ以上になぁ……これは皇王には可哀そうな話なんだが。

「そもそもの話だが、妾の数が多すぎる。金もなく、若さもなく、顔も良くないし、再び皇王としての暮らしが戻ってくるかは不透明。そんなヤツに、あんな数の妾が付いてくるのはあまりに不自然だ」

肉体の関係なんてそんなもんだ。特に皇国の妾は側室と違い、飽きられたら簡単に捨てられる。

それまでに、妾は十分に稼ぐか、夫を見つけなくてはいけない。

それがここまで付いてくるなんて、誰かにそう命じられてると考えた方が自然だ。

……まぁ、哀れな皇王君はそんなことにも気付けないだろうなぁ。

「とはいえ、騙すために万全は尽くす。卿の妻らを置いていかせるのも、実際に人質としてではなく、その方がより真実味が増すからな」

だから命の安全は保障する、と俺はシャルルに伝える。

「余は卿を評価している。だから細かいところは卿に任せる。卿の判断で、帝国のために時間を稼いで」

シャルルが反皇王派として最初から主張していたのは、俺に怪しまれないためだろう。皇族である彼は、皇王一行が「皇帝より扱いやすい存在」を探したときに真っ先に思い当たる存在だ。だからそうならないよう、自分から率先して反対の立場を取った。

自身の立場と、どう動けば生き残れるか。それを考え、上手く立ち回れる人間だ。

だからこの任務にも最適だと思った。

「表の設定、裏の設定はさておき、卿に皇国でやってほしいことをもう一度言うぞ」

無理もないが、混乱しているようだからな。しかし謀略の類である以上、命令は紙に残せない。

ちゃんと覚えてもらわなければ。

「一、監視役の官僚の前では外交官として以下の条件を求めること。皇王ヘルムート二世の皇王復帰、元皇太子ニコライ・エアハルトの皇太子復帰、一行が帝都で認めた官職や与えた確約の履行」

百パーセント、皇国に呑まれない条件だ。というか、呑まれたら困る。

「二、自身が皇国に亡命したがっているかのように各派閥に接触すること。自分をより良い条件で迎え入れてもらえるよう、本気で交渉するフリをしてくれ。条件を吊り上げて、時間を稼ぐこと」

これはシャルル・ド・アキカールの演技力次第だが、かつて俺は一度出し抜かれているからな。きっと上手くやってくれるはずだ。

「三、自身の家族が帝国にいることを理由に、その身柄が無事に引き渡されるまで極端な行動は控えるよう頼むこと」

これも二と同じで、目的は時間稼ぎだ。人質がいないと、俺の行動を怪しまれそうだしな……もちろん、人質として扱うつもりは全くないが。

「四、卿が余の対抗馬になり得ることをアピールしろ。帝国に皇王一行というカードがあるように、自分たちにはシャルル・ド・アキカールというカードがある。まだ自分たちには政争をする余裕がある。帝国が仕掛けてきたらシャルル・ド・アキカールを擁して対抗すればいい……そう思わせるように動け」

怪しまれるかどうかはシャルル・ド・アキカールの演技次第だ。だが、向こうは間違いなく彼の存在に食いつく。

皇国は今、どの派閥にも焦りがあるはずだ。皇王が帝国の手に渡った以上、主導権を帝国に握られたという焦りが。しかしシャルル・ド・アキカールは、帝国が皇王を使って行動を動かした際の、カウンターとして機能する。

対策があるというだけで、人は安心するものだからな。帝国に対する脅威論を少しでも下火にできれば最高だ。


「そして最後、順序がおかしくなったが、これが最優先の任務だ……さっさと別の人間を皇王に即位させること」

普通は先代が死亡するか、先代から皇位を直接譲られることで新皇王は即位する。それが正しい継承方法……逆に言えば、正しさに拘らないなら、いくらでもやりようはある。別にヘルムート二世がいなくたって、皇国貴族と聖皇派の協力さえあれば、別の皇王を擁立することは可能だ。

俺の命令に、シャルル・ド・アキカールは戸惑いを見せた。

「よろしいのですか……派閥争いを長引かせろという命令に矛盾しているようにも感じますが」


そこで、ティモナの手がテーブルに伸び、シャルル・ド・アキカールの前からカップが下げられる。一口くらいしかつけていないみたいだ。

そして新しく淹れ直したお茶が置かれる……ティモナは執事としてなら一流の身のこなしができる。冷めたお茶を新しいのに換えるのだって、もっと目立たずにやろうと思えばできる。

つまりこうしてわざと目立つことで、俺たちの会話に間を作ってくれたのだろう。


実際、この間にシャルル・ド・アキカールは少し落ち着いたように見えた。

「皇王というのは、駒として大きすぎる。実際、今の宮廷では持て余している」

亡命している側が普通は遠慮するものだが、その辺りの機微があの皇王には欠けている。だから却って扱いにくい、厄介な存在になっている。

「駒として皇帝と皇王は同格だ。年齢の差からして若干、余の方が下手に出なければいけないくらいだ。余が皇王を同格に扱ったところで、それは『当たり前』のことでしかない」

だからコントロールしにくい。本当に面倒な相手になっている。

「だが、元皇王となれば話は変わる。皇帝が同格として扱えばそれは『配慮』となる。それだけで、選択肢がこちらに生まれ制御しやすくなる」

配慮するか、しないか。それだけでヘルムート二世の感情や行動に、一定の方向性を与えることができる。

「何より、正当ではない継承は、帝国にとって大きな利がある」

ぶっちゃけ、「ただの皇王」よりも、「不当な手続きで皇位を奪われた元皇王」の方が帝国にとっては嬉しかったりする。

「正当な継承を経ていない皇王から、正当性だけはある元皇王の下へ皇位を奪還する……その場合は、ヘルムート二世は帝国軍の制御下で動かせる」

これが皇王のままだと、帝国軍の枠内に組み込めないから皇王の軍隊（たぶん傭兵主体）と帝国軍で肩を並べて戦わなければいけない。

「なるほど……それは理解しましたが……派閥争いの方は？」

「勿論、焚きつけ続けろ」


シャルルはその俺の言葉から、すぐに読み取ったようだ。

「三人の候補者以外の人間を暫定の皇王にしろということですね？」

「そうだ。これなら派閥争いは続く……皇王争いではなく、皇太子争いに戻るんだ」

まぁ、その妥協点があるなら、皇国の方でとっくにその話が出ておかしくはない。しかし、その話は進んでいない。

「しかし、継承権のある手頃な人物など……」

「……継承権のある手頃なのは、いないいな」

調子が出てきたらしいシャルルは、すぐに感づいたようだ。

「まさか、女皇王ですか？」

皇国は基本的に男性が継承する。そういう文化なのだ。

「そのようなこと……」

「前例はない。だが、皇王の亡命という前例のないことが既に起きている」

既に、皇国が特例を新たに作る下地はできている。あとは誰かが後押しすればいい。

「特例の存在を作り、皇王という存在の権威と正当性を内側から崩す。それが卿にやってもらいたい仕事だ」

我ながら無茶言ってるなぁ……でも、この男ならできそうだと思って任せている。


暫くの沈黙の後、シャルルは再び口を開いた。

「陛下は」

シャルルの声は掠れていた。そこで彼は一呼吸置くと、改めて俺に訊ねる。

「陛下は某が、任務を遂行しているように見せて、本当に皇国に与するとは考えないのですか。そうなってもご自身の座は安泰だとお考えで？」

そう、問題はそこだ。この作戦の問題点は、シャルルが本当に皇国に与したらどうするかという話。時間など稼がず、備えの整っていない帝国の内情を暴露し、皇国軍を動かしたら？　今俺が話した情報を全て開示されてしまったら？　あるいは本当に皇国に亡命してしまったら？

この作戦は、シャルルが信用できるという前提で立てられた。その前提が崩れれば、俺は一転、ピンチに陥るだろう。

これほど長い間、自分のことを軟禁していた相手を。自分の父親殺し、兄弟を殺す相手を。シャルルが許し、忠誠を誓い、命がけで働くと……誰もそうは思わない。だからこそ、この策は敵の油断を誘える。

しかしまぁ、自分でもびっくりするくらいリスキーな作戦だな。

「安泰ではないだろう。卿が余の敵となれば、かなり苦戦すると思っている」

実際、俺たちは似ていると思う。きっとこの男なら、上手く皇帝をやれるだろう。

「それでも、上手くいけば一番時間が稼げる策だと思った。ただそれだけだ」

俺は既に、リスクよりも早さを選んだ。ここで中途半端な策を選んだ方が危うい。そう思った俺は、覚悟を決めて、思い切った手を打つと決めた。

それになぁ、このままシャルルを帝国に置いておいても、良くない方向に向かう気がするんだよな。

「それに、卿を生かしたかった。卿は優秀で、皇王に利用されないために反皇王の立場を取った。だがその皇王を余が利用する以上、余は皇王に賛同し、卿はそれに反対することになる」

俺の対抗馬にされないよう反皇王の立場を取っているのに、その結果、俺と対立することになる……つまり、この男はどう動こうとも詰んでいたのだ。

「その状態が続けば、余はいつかお前を殺さなくてはいけなくなってしまう。それは互いに望むことではないだろう。だから少しの間、お前を遠ざけようと思ってな」

敢えて呼び方を「お前」にして、本音っぽく話す。もちろん、嘘はついてない。ほとんどが本音だ。

「……陛下は、某を殺したくないと？」

「あぁ。お前は帝国に必要な人材だ。できれば生かしたい」

これも嘘ではない。俺はシャルルを評価している。

……だが俺が一番評価しているのは、シャルルは自分の身の丈を良く分かっている点だ。この男は、俺に怪しまれないよう、疎まれないように動いてきた。

……それは俺と同じように、生き残るための立ち回りだ。

「しかしまぁ、仮に卿が皇国に与するならば……」

俺はそこで一度言葉を切ると、笑顔を浮かべ言った。

「卿の家族はしっかりとそちらに送り届けよう」

「は……？」

唖然とした様子のシャルル・ド・アキカールに、俺は畳みかけるように続ける。

「それから、余とお前で帝位を巡って戦争だ。無論、余は負けるつもりは無いが……もし卿が勝ったなら、帝国を頼む」

これも本心だ。別に、俺以上に上手くこの国を導けるなら、俺はそいつに任せても良いと思っている。

「……陛下は、この国のためなら、ご自身の命を落とすことになっても、構わないと」

どこか感動すらしていそうなシャルル・ド・アキカールに、俺は笑顔で答える。

「無論だ」

……これが嘘だ。俺は、国のために死ぬ気はない。だが、死ぬまでは国のために働くつもりではある。

生き残りつつ、皇帝として帝国を繁栄させる。それが名も失った転生者と、皇帝カーマインの妥協点だ。

冗談を言える仲

それから数日後、シャルルは皇国へと送り込まれることになった。

誰の目に見ても、今回の彼に対する対応は左遷だ。まぁ、実際には帝国の命運を背負わされてるんだけど。


こうして反皇王派の代表を宮廷から排除した俺は、本格的に皇王の亡命受け入れへと舵をきった。

そして皇王らを正式に受け入れる宣言と共に、彼らを歓待する宴をしようと提案した。

だがその責任者について、俺がニュンバル侯に任せようとしたところ、ニコライ・エアハルトがこれに待ったをかけた。

曰く、これまで反皇王派として活動してきたニュンバル侯が催せば、せっかくこれから手を取り合っていこうという時に水を差されると。

……何が手を取り合おうだお前ら一方的に足引っ張るだけの分際で。

そんなク……ニコライの言葉を聞いた皇帝は、一理あると答えた。しかし皇帝は今まで、宴の準備は常にニュンバル侯に任せていた。

そこで、不慣れなものに任せるよりはと、ニコライにこう言った。

「余はあまり宴に出ぬので分からぬ。しかし卿なら、良い宴を開く者も知っておろう」

……これ、お前は帝都で毎日のように宴に招かれて、随分と楽しんでるもんねっていう皮肉が咄嗟に出てしまったんだけど、伝わらなくて良かったよ。

そんな訳で、俺は帝都の下級貴族数名が合同で開いた宴にゲストとして参加するという形を取った。

もちろん費用は帝国が負担しない。俺はあくまでゲストだからな。帝都で煩い中小貴族の財布なんて、削れば削っただけ良いんだから。

こうして参加した宴だが……まぁ酷いな。

食事だの内装だのに限らず、全体的に「金欠貴族の見栄」って感じだった。

分かりやすい例で言うと、給仕の数と質だな。常に給仕の数には余裕を持ち、何か想定外のことがあれば即座に対応……それが俺の普段見ている宴や社交パーティーだ。

今回は金が無かったのかギリギリの人数しかいないし、いろんなところから借りてきてるからか、連携も滅茶苦茶だった。


とはいえ、貴族の給仕などは平民の中では高給取りの仕事だ。曲がりなりにも優秀なものが多い。だから後手に回りながらも、辛うじて対応できている。

……のに、そんな給仕に八つ当たりするんじゃないよ皇王。


ちなみに、俺が傀儡の頃も宰相や式部卿は宮廷で何度も宴や社交パーティーを開いていた。だが彼らは少しでも自分たちの財布から出す出費を抑えようとしたのか、働いている給仕たちの給料は国庫から出させていた。

そして国庫の管理は、ずっと財務卿であるニュンバル侯が担ってきた……俺が常にニュンバル侯に任せる理由がお分かりいただけただろうか。


さて、そんな皇王に見かねてか、ロザリアが皇王の側に寄っていった。

というか、皇王も元皇太子も酔いすぎなんだよ。

この辺は宗派の違いかもなぁ。聖皇派も酩酊は禁止のはずなんだけど、あそこ『十八原則』だからなぁ。原則の数が多すぎて、一つ一つに対して「守らなくてはいけない」っていう意識が低いんだよね。

元皇太子の方は、酔って陽気になり、美形の人間に手当たり次第に声をかけている。

あ、そうそう。今回はティモナは連れてきていない。代わりにバルタザールが一番傍にいる。ティモナは女性並みに美人な男だからな。こんな宴で死人を出す訳にはいかないし。


「おぉ、皇帝陛下」

と、噂をすればとばかりに元皇太子がおぼつかない足取りで近づいてきた。

「おう、皇太子殿」

まぁ、剥奪されたんだけど。でもこの亡命生活中に、再び皇王はこの男を皇太子にすると宣言したらしい。まぁ皇王の発言とはいえ、亡命先での発言だからどこまで皇国の法で正当性があるかは知らない。

しかし本人は皇太子に復帰した気になっているので、気を悪くさせても面倒だと思い皇太子と呼んでいる。


「いやはやしかし、聞きましたぞ。皇帝陛下は魔法が使えないのだとか」

……いや、バリバリ使えるが？　いきなりどうしたんだ、この男。

「魔法が使えぬとなると、さぞ苦労なさってきたでしょう」

むしろ魔法が使えたから生き残ったね。使えてなかったら詰んでたなって思うことは何度もあったけど。

「あぁ、いや。こちらでは大して問題では無かったのでしたか。良かったですなぁ帝国にお生まれになられて」

そうやって言いたいことだけ言うと、女を連れて部屋の外へ向かって歩いて行った。連れていたのは妾の一人か。

しかし一方的に喋るだけ喋って出て行ったな。随分と嬉しそうだったというか、俺に優越感抱いて気持ち良くなってたのだろう。


と、その時。散々文句を言った挙句、ロザリアに手ずから酌をしてもらったクソ皇王が、俺の耳にも聞こえる声でこう言ったのだ。

「フン。朕の酌が小国の王女とはな」

よし、アイツ、殺そう！

＊＊＊

「これはこれは皇王陛下。気が利かずに申し訳ない」

怒ってない、怒ってないよ。ここに来るまでにバルタザールに宥《なだ》められ、ロザリアに宥められ、元ダロリオ侯に平身低頭で謝られたから。全然怒ってない。

「余がお注ぎしましょう。さぁさぁ我らは同じ帝王同士、遠慮なさるな……おや杯はどちらに」

あぁなんだ持ってたんだ。肥え太った肉に埋まって見えなかったよ。

「あぁ、持っておられたか。さぁさぁ遠慮なさらずに」


それにしても、くせぇなコイツ。体臭誤魔化すのに大量の香水使ってんのか。アルコールの匂いも混じって酷い臭いだ……ん？　なんか覚えのある臭いも混じってる……？　まぁいいか。

「さぁ、余の杯にもどうか注いでくだされ」

おいおいボトル持つ手が震えてんぞ。酒の飲みすぎだよ本当に仕方ないなぁ、君は。

「へ、陛下っ」

元ダロリオ侯アロイジウス・フォン・ユルゲンスの悲鳴のような声が聞こえる。その呼び方だと、どっち心配してんのか分からないんだけどな。


叫んだ理由は俺の袖に皇王が酒をぶちまけたからな。酒注ぐこともできないくらい飲むなよ。

「はっはっは。酒の席ではよくあること、では乾杯と行きましょう」

あれ、随分と汗かいてるね。俺は涼しいくらいだけどその皮下脂肪のせいかな。……まぁ、冗談だけど。わざとやってるから。

「両国の繁栄と輝かしい未来を願って乾杯」

その時もテイワ朝かは知らねぇけど。

俺は一気に酒を飲み干す。前世ではそんなに強くなかったが、この体はかなりアルコールに耐性がある。それでも普段あまり飲まないのは、間違っても酔いたくないからだ。

酔ってるときに暗殺者に襲われたらどうするのか、とか……考えたこと無さそうだな、お前。

「そうだ皇王陛下。先ほど余のお抱え商人に届けさせた贈り物はご覧になられましたか。南方大陸でとれる濁りすらない透き通った水晶。聖典にも登場する中央大陸にしかいない老狼の毛皮。それから同じく中央大陸から取り寄せた生きた白虎鳥。祝いですので遠慮なさらずご納めください」

あと、酒の味は微妙だ。アルコール度数は高そうだけど。安酒……いや、下級貴族的にはこんなものなのか。味の拙さをアルコール度数で誤魔化している。

たぶん、何かで割って飲む酒だな、コレ。


「おや、酒が進んでおりませんが、どうかなさったか」

俺にお酌されるとか、貴重な経験だぞ？　喜べよ。

「ほう、もしやこの酒はあまりお好きではなかったか」

と、その辺りで泡を噴き始めた。このくらいで勘弁しておくか。

……これ放置はしてると、面倒なことになりそうだなぁ。

仕方ない、バレないように魔法使うか。昔よく侍女に使ってた睡眠魔法をっと。

力が抜け、椅子の背にもたれかかったクソ皇王……ミシミシと椅子が音を鳴らし、今にも壊れそうだが俺の知ったことではないな。

「おやおや仕方のない人だ、眠ってしまわれるとは……これは酩酊ではなく、疲れて眠ってしまわれたのだろう」

俺は近くの給仕に後始末を任せ、ホストの貴族に声をかける。

「服が汚れた、すまんが余はもう帰ることにする」

あーあ。皇帝の服とか一着いくらすると思ってんの。もったいない。


まぁ、パーティーに参加するという義理は果たした。もう消えても平気だろう。

驚いて固まっているロザリアの手を優しくとって、外へと促す。いやぁそれにしてもナディーヌは連れて来なくて正解だったな。

連れてきていたら、間違いなくキレて大変なことになっていただろうな。

俺がそんなことを考えていると、バルタザールが器用にも、ささやき声で焦りを滲ませている。

「陛下！　陛下!!」

「なんだ、バリー」

護衛のバルタザールは周りに聞こえないように、口に手を当てて訊ねてくる。

「殺してしまったのですか!?」

「そんな訳ないだろ。寝てるだけだよ」

まぁ、眠らせる魔法はあんまり他人に見せてないからな。正確には眠気を強くする魔法だから、元気な人間には効かないし。


会場からも離れ、待機していたティモナが近づいてくる。

「いや、あんな殺気飛ばしてたら殺したのかと思いますよ！」

周囲に他の人間がいないことを確認したバルタザールが、そう詰め寄ってくる。

「いや、殺すときは殺気を出さないようにするものだろう。なぁティモナ」

「えぇ、そうですね」

ティモナに振ると、懐中時計を取り出しながら、珍しく冗談を返してくる。

「いや……お前、どっちだ。表情変わんねぇから分かんねぇよ」

「ふふっ、もちろん冗談ですわ。ね、陛下？」

アルコールが入っているからか、ロザリアも上機嫌だな。顔の色は変わってないけど。


「……もしかして、わざと殺気出してたんですか」

そう言ってバルタザールは驚いていた。まぁ、殺気と言うか……いつでも魔法を撃てるように臨戦態勢で威圧していただけだけど。

「途中からは、そうだな」

はっきり言って、若い皇帝である俺は皇王に見下されていた。何で亡命中のその立場でその態度ができるのかは謎だが、とにかく下に見られていた。

だからどこかで釘を刺さねばとは思っていたんだが……酒の席はちょうどいい。皇王には恐怖を与えられただろうし、俺は酔って記憶が無いってことにすれば、この件を表沙汰にする必要はなくなる。

「……最初は本気だったんですか」

まぁロザリアに対しての態度に怒ったのもあるけど、同じ立場でも遊んで生きてきた皇王を見ると、なんというか、ものすごく腹が立つんだよね。

その後、俺は元ダロリオ侯の謝罪を一度は突っぱねるも、ラミテッド侯ファビオの執り成しで許し、その日の夜の記憶は表向きには「覚えていない」ということになった。

暴れ馬

この日は珍しく、元皇太子に限らず皇王、ダロリオ侯も同席しての話し合いとなった。

こうなったのは理由がある。これは予想できていたことだが、案の定帝国の作戦に亡命組が口を出すようになったのだ。

彼らの主張……というより元皇太子のニコライ・エアハルトによる主張は、一刻も早く皇国へ帰還するために全力でロコート王国軍を攻撃しろというもの。

んで、それを簡単に無視する訳にもいかなくなっている。理由は彼らが中小貴族共や商人を抱き込んでいるからだ。

特に厄介なのは商人だ。黄金羊商会が自分の方の準備で手いっぱいのため、兵糧などの支援に、皇王にすり寄ってクソ商人共の協力も必要となってきてしまったのだ。

「よって、我々は諸侯軍がアプラーダ王国に対し陽動作戦を行い、その間に陛下御自身が率いる親征軍によって、目標であるロコート王国を屈服させるのです」

相変わらず変なテンションのファビオによる説明を受け、さっそくニコライ・エアハルトが横から口を挟む。

「しかしこの編制ですと、本隊と別働隊の兵数がほぼ同数ですな。これは如何なものかと」

帝国の軍事に口を出すお前が如何なものかだけどな。まぁこの男、帝国としては邪魔な動きばかりしてくるが、まだ理解はできる。

なぜなら彼は、皇国では孤立して失脚しているから。このまま皇国に帰ったところで、自分を支持してくれる基盤はどこにもない。だからそれを帝国内で作ろうと必死に動いている。爵位を配っているのも、彼らを皇国に連れていかなければ皇王になれないからだ。

全くもって哀れな男だ。

ちなみに、報告した編制は誤魔化しまくったやつである。

実際は対アプラーダ攻略の方が主攻であり、主力部隊はほとんどこちらに回している。主体となるのはヌンメヒト女伯軍、ニュンバル弓兵、そして皇帝直轄軍の魔法兵部隊。あとヴェラ＝シルヴィにも向かってもらっている。

そこに加えて黄金羊商会の海兵と船舶、傭兵である。

どこを誤魔化したかと言えば、まず黄金羊商会は帝国軍ではないのでカウントせず。

ヴェラ＝シルヴィも兵団ではないのでカウントせず。さらに皇帝直轄軍の魔法兵だけ抽出して部隊もその他換算である。

それだけ誤魔化しても対ロコート王国方面の部隊と同数。どれだけアプラーダ攻略がメインかが伝わるであろう。

しかもアプラーダ攻略には、第二陣としてワルン公、チャムノ伯の軍勢から精鋭兵が援軍として送られる予定だ。この兵たちは、今最前線から少し下がり、休息を与えられているという。

しかしまぁ、そろそろ口出してくる頃だろうなとは思い、俺たちも十分に対策した。

「陛下。皇帝直轄軍とはつまり禁軍です。ここはこの作戦を承諾し、協力なさるべきです」

そう、元ダロリオ侯をこちら側に引き込んだのである。先日の酒宴の後、彼から皇王の醜態についての謝罪を受け入れる条件として、今回の作戦を皇王に認めるよう説得させることになったのだ。まぁ、彼を調略した、というか彼と話を通したのはファビオなんだけどね。

俺が懇意になってしまうと、皇王や元皇太子の方が煩そうだからな。

「むぅ、禁軍か。ならば勝てそうじゃのう」

皇国の禁軍というのは、一言で言えば兵数が数十倍になった近衛隊である。近衛並みの練度の兵が、数千から最大一万もいたと言い、これにより皇国は天届山脈以東の覇者であったという。つまり皇国にとって、禁軍＝勝利というイメージなのだと。

現在の禁軍はどうなっているのか？　それはもちろん、三つに分裂し政争の渦中だ。そもそも帝国の近衛兵並みに人員減ってるしね。過去の栄光は遥か彼方、テイワ朝の終わりは近いと言われるのはそういうところもある。

こうして何とか商人の協力を取り付けた帝国軍は、ついに前線へ軍を進めることとなった。

＊＊＊

さて、こうして帝都に集結した帝国軍は、作戦通りに二手に分かれ行動することとなった。一つは皇帝が指揮する直轄軍を主体とする親征軍。もう一方は主力である諸侯の精鋭を集めた別働隊となっている。

一応、親征軍の方には皇帝直轄軍の他にラミテッド侯軍とエタエク伯軍、そしてアトゥールル騎兵も加わっている。

だから、最低限は戦える軍勢のはず……だが、正直なところ騎兵頼み感は拭えない。

亡命組には「皇国へ帰還するための道筋を作る皇帝率いる禁軍」と「それを支援する陽動の別働隊」としているが、その実情は皇帝率いる陽動と諸侯の精鋭をまとめた別働隊。

いやぁ、口出しされるだろうなって思ってたから、あらかじめダロリオ侯を抱き込んどいて良かったよ。帝都の留守はマルドルサ侯軍とアーンダル侯軍。ガーフル方面の戦線が無くなった分、随分と余裕が出てきた。


ところが、だ。なんと俺はこの「皇帝率いる禁軍」の出陣に間に合わなかった。それは出発日から五日間、皇王と元皇太子に散々妨害されたからである。

まず、元皇太子の方は許せないがまだ理解できる。自分が抱き込んだ中小貴族が、皇帝カーマインに対して非協力的というか、俺が功績を挙げることを苦々しく思っているのだろう。

もともと宮廷や直轄領で働いていて、即位式の後に非協力的だったり碌に働かなかったりで、俺の命令により職を失ったものも多いからな。

元皇太子は自分の立場が分かっていない行動だが、まぁそれを理解できる脳があるなら、そもそも失脚なんてしていないだろう。

問題は皇王の方だ。こいつも散々、俺の出陣を妨害してくれたが……なんとコイツが妨害してい
た理由が、本気で俺を心配したためだと。

……意味が分からない。

なんでも皇王は、酒の席で倒れるという痴態を晒したにもかかわらず、後日何も無かったかのよ
うに接してくれた皇帝に感謝して、その身を本気で案じて、出陣を妨害していたと。

……余計な事すんじゃねぇクソ皇王。つうか分かってんなら酒飲むんじゃねぇ。

あと痴態ってそっちかよ、他人の正妻馬鹿にした方反省しろよ。

と、思わず自室で叫び散らかしたが、何とか表には出していない。

ちなみに、「禁軍」と聞いて許可したのになぜ今更止めるのかと聞けば、率いている体裁なだけ
で実際は宮中にいるのが普通だと思っていたらしい。本当にコイツは……。

その間、皇帝不在でもいいから近衛を含めた皇帝直轄軍の援軍が欲しいというゴティロワ族長ゲ
ーナディエッフェの要請もあり、直轄軍は先に出立した。流石に援軍要請にはすぐに対応するべきだ。

ただ、実は二人の妨害以外にも俺の出立が遅れた理由もある。それは皇帝直轄軍が出立した翌日。

よりによってこのタイミングで、皇帝が仮病を使っていたことを知る人間が喋ってしまったのだ。

流石に、全員をずっと拘束しておく訳にもいかず、この頃には解放していたからな。

漏らしたのはその内の一人、貴族出身の伝令である。もちろん、そいつはすぐに密偵によって特定され、秘密裏に処理された。

だが問題はその伝令が、この情報を金に換えようとして複数の人間に接触していたことだった。そのせいで、ヴォデッド宮中伯の指揮の下、帝都で大規模な調査を行う必要があった。その間、近衛は行軍中で密偵も手薄となり、結果的に皇帝は帝都を動けず。

こうして密偵の調査と皇王一行の余計な口出しが止んだのが、直轄軍の出立から五日後のことであった。

この余計な五日間の間に、前線では戦況の変化があったらしい。

まず、正確な情報から。ヴェラ＝シルヴィとの定期連絡で、アプラーダ攻略部隊の第一陣が出港したとの報告を受けた。この艦隊は海上を迂回し、アプラーダ王国首都の北側に布陣する予定だという。

また同時進行で、チャムノ伯の率いる対アプラーダ方面軍が総攻撃を始めた。この総攻撃で敵戦力を前線に集中させ、その間に迂回部隊が守備の薄い敵の後方に上陸し浸透する……この戦法だけ聞くと、まるで二十世紀の戦いみたいだ。

続いてベニマ方面。こちらは包囲されていたセドラン子爵が籠る要塞を、ワルン公がついに解放したらしい。これによって、戦況的はほぼ五分まで戻しているようだ。

ただ、敵将が開戦当初から変わり、新しい指揮官はあのゲトー・ド・シャルヌフの養子だという。

……このゲトー・ド・シャルヌフというのは、ベニマ王国の中でも指折りの名将である。第二次・第三次アッペラース紛争において、ベニマ王国軍を率いて何度も帝国軍を苦しめた。アプラーダ王国やロコート王国に比べ国力が低いのに、帝国と対等に戦えていたのは彼がいたからだろう。

そんな彼が自ら選んだ養子という訳で、その実力はまだまだ未知数だが警戒が必要だろう。


そして問題のロコート王国方面。先ほど届いた報告によると、ゲーナディエッフェは増援として送った部隊と合流したそうだ。

そしてこれまで共に戦っていた周辺貴族の部隊は領地に戻し、皇帝軍〈皇帝不在〉とゴティロワ兵だけで敵主力を迎え撃つということだ。これはゲーナディエッフェ……相当、周辺貴族にイライラしてたな。

あとそうそう、ロコート王国に占拠されていた旧帝国領の貴族について。彼らは基本に勝手に反乱を起こした連中であり、帝国としては助けてやる義理はない。というか、戦後に領地問題で揉めそうなので、全滅してくれても良いなと言うのが本音ではある。

ただまぁ、今この段階で反乱を起こされても困るので、ゲーナディエッフェは微妙な反応で誤魔化しているそうだ。

これについては、ゲーナディエッフェが異民族の王というのがプラスに作用した。知らないのも無理はないと思われたのだ。

「陛下！」

閑話休題、そんな事情を経て俺たちは皇帝軍から大幅に遅れて出陣することとなった。

メンバーは帝都に残っていた近衛と戦闘経験のある密偵合わせて五十騎。それからヴォデッド宮中伯とエタエク伯だ。

「準備はできましたか！」

相変わらず元気のいいエタエク伯……というか、いつも以上に張り切っている気がする。

「あぁ、問題ない」

ちなみに既にエタエク伯軍は出立しているのに、エタエク伯だけ残っている理由は、エタエク伯が「陛下がご自身の馬になられるより、私の後ろに乗った方が早いですよ」と言ったためだ。実際、エタエク伯の馬は非常に体格も良く、またエタエク伯自身騎馬の扱いは上手いという。

宮中伯もティモナも、他人の後ろに乗っていく方が消耗しなくて楽でいいとの判断だった。相変わらず、過保護な連中である。


そしてこれが決まった時点で、俺の乗馬や荷物は全て皇帝軍と一緒に先行することが決まり、その管理をティモナに任せて先に行ってもらったってところだな。

「さぁ、ボク……じゃない、私の後ろにお乗りください」

いつもとはどこか様子がおかしいエタエク伯に首をかしげつつ、伸ばされた手を掴む。

「皇帝軍の位置は把握できているか」

「問題ありません！」

お前にじゃないよエタエク伯。

「現在地は把握しておりますし、毎日情報を更新する用意もできています」

まぁ、宮中伯なら、流石に俺が言うまでもなくその辺りは完璧か。

「よし、では出陣する」

宮廷の門が開き、外に出る。今からだと決戦には間に合わなそうだが、戦後には合流できるだろう。そしてこの戦いの勝敗で方針は大きく変わるが……まぁ、何度も言っているが主攻はアプラーダ方面。ロコート方面は助攻だし、臨機応変に対応すればいい。


こうして五十騎の集団は暫くして帝都から出ることができた。流石にこの少数では大々的に出立とはできないが、道行く人はかなり手を振ってくれた。まだ支持率高そうで良かったよ。

「それで、陛下。これって急ぐんですか？」

しばらく進んだところで、エタエク伯は世間話でもするようにそう言った。

「……さては話聞いてなかったのか。大急ぎだよ」

かなり遅れてしまったからな。これだけ少数の部隊でしかも全員騎兵となれば、二日でかなりの距離まで近づけるはずだ。あとはそのタイミングで皇帝軍がどこにいるかだよなぁ。

「大急ぎなのですか」

ちなみにエタエク伯軍も皇帝直轄軍も最高指揮官が不在なので、行軍中の指揮官はラミテッド侯であるファビオだった。順調に目的地までたどり着いたみたいで良かったよ。

「では、急ぎますか」

俺の目の前で、エタエク伯が何かの魔法を発動させた。それが何の魔法なのか聞く前に、彼女はこう叫んだ。

「死ぬ気で掴まっててください！」

いや、急ぎってそういう、いみ、じゃ――

＊＊＊

「到、着！　です！」

「へ、陛下⁉」

あたまいたい、きもちわるい、からだがいたい。

「いったい何が！」

「ぎ、きもちわづい」

朦朧とする意識の中で、誰かに支えられ、胃の中身をぶちまけた……ような気がする。

気付いた時には簡易的な椅子に座っており、ティモナの助けで水を飲んでいた。

……まだ心臓が大きな音を上げ、脳もくらくらする。正直、エタエク伯の後ろに乗って、しばらくしたころから今まで、記憶がほとんどない。

ていうか、ティモナだと？

「まさか、ぶっ通しでここまで？」

バルタザールの驚いた声を聞き、俺は顔を上げる。そこにはバルタザールの他に、ゴティロワ族長ゲーナディエッフェらが驚きの表情でこちらを見ていた。

「はっ、陛下が大急ぎとおっしゃっておりましたので！」

途中でやっぱやめてくれって訴えようとしたわ！　でも喋ろうとしたら舌噛み切る自信しかなかったから喋れなかったんだよ!!

前世含めても初めての乗り物酔いかもしれない。まだ体が揺れてる気がする。

まだ喋れないくらいのダメージだ。本気で、本当に、死ぬかと思った。

「大丈夫？」

少女がそう言って背中をさすってくれる。兵士にしては、随分と軽装だ。

ん？　というかこいつどっかで見たことある気が……。

「そんなことができるのか」

「エタエク伯の愛馬、名馬揃いのカルナーン軍馬の中でも断トツの一頭ですから」

そうゲーナディエッフェに答えたのは、またもや内政担当なのに連れて来られたらしいフールドラン子爵だった。噂によると、彼がいないとまともな補給もできず、略奪するしかなくなるので連れてきているそう。この脳筋集団め……。

「伯爵、あなた以外は耐えられないんだから、他人乗せてるときに全力で走っちゃダメだって言ったじゃないですか」

「いやいや、陛下なら耐えられるよ。現にこうして生きてるし」

やっぱそうだよな！　これ普通に死ぬ奴だよな‼　途中でマジで命の危険感じて本気で魔法使ったよクソっ！

「帝都からここまでほぼ一日とはな……これ、本当に馬か？」

ゲーナディエッフェとフールドラン子爵は俺の心配をよそに馬の話しかしない。

「圧倒的なスタミナとパワーがあるものの、とんでもなく暴れ馬なんで彼女以外は乗りこなせないんすよ」

マジで意味分かんねぇ、なんで帝都からこの距離を一日で踏破できるんだ？　しかも途中一回も休憩挟まなかったし、いっさいペース落ちなかったぞ。

「最高速度を出し続けたのか……普通は潰れるだろう」

「常に回復魔法を全力で注ぎ込んでおりますので！」

ほぼほぼドーピングじゃねぇか。地球だったら動物愛護団体に訴えられてるぞマジで……。いや、なんか途中でちょっとした川飛び越えてたし、本当に馬か、こいつ。


改めて視線を向けると、その馬は到着してからここまでずっと水を飲んでいたらしい。やっと顔を上げたかと思えば「ひとっ走りした後の水は沁みる……」とでも言わんばかりに恍惚とした表情を……人間みたいな馬だな。

そして与えられた飼葉を食べ始めた……伯爵も伯爵だが馬も馬だな。


「……密偵長は？」

ティモナの問いに、エタエク伯があっけらかんと答える。

「護衛の皆さんは付いてこれなかったようです。でも誰も捕捉できないんで暗殺の心配もありませんよ」

……そういえば途中、なんか賊の一団みたいなの蹴散らしてた気が……そんな景色もすぐに遥か後方へと流れていったからよく分からなかったけど。

「全てを置き去りにする速度で駆ける、これぞ最強の護衛です」

ドヤ顔でそう言ったエタエク伯の頭を、フールドラン子爵がひっぱたく。もうこの二人はセットにしないとダメそうだ。

あと護衛対象《俺》は死にかけてるけどな……。

つうか、馬に身体強化をかけて、同時に回復魔法とか……あと他にも二つくらい同時に魔法使ってたぞ。

どんだけ高難易度の魔法を同時に使ってるんだ。しかも馬を操りながらって、俺には絶対無理だぞ。

「化け物め……」

「陛下のお役に立てるとは、この子も都市一つ担保に買った甲斐ありましたね！」

いや、その馬も大概だが、お前だよ問題は。皇帝暗殺未遂だぞこれ。

……って、都市担保に馬⁉　マジで何してんだ。


「あぁ、そうだ。陛下、回復魔法を」

そう言ってエタエク伯が近づいてくるが、俺は反射的に思わず逃げようとしてしまった。

「本当に回復魔法なんだろうな……？」

これがトラウマか……足の震えが止まらない。

「あれ、もう痙攣始まってますか。今のうちに回復しておかないと」

あぁ、筋肉痛とかか。いや、普通に怪我もしてるかもしれないけど。

そしてエタエク伯に手を当てられるも、伯爵は怪訝そうに首をかしげる。

「アレ？　ボクの魔法が弾かれる」

……あぁ、そうか。それたぶん体内に溜め込んだ魔力で魔法の効きが弱まってるのかも。

体内に魔力を溜められるって気が付いてから、毎日吸収と圧縮を繰り返してるからな。もうそんなに溜まってるのか。

けどまぁ、それは開示しない方の切り札だ。黙っておこう。


「問題ない、効いている」

俺はそう言って、自力で立ち上がる。最悪、魔力で無理やり動かせばいいしな。

「しかしコイツは困ったな」

視線を向けると、珍しく真剣な表情を浮かべたゲーナディエッフェと目が合った。

「来ない前提で作戦立てっちまった。どうする？」

落日の戦い　上

ロコート軍と対峙する帝国軍……その指揮を執るゲーナディエッフェは、接近するロコート軍と戦うために軍を三つに分けた。

一つは騎馬兵を中心とする部隊。これはアトゥール族やエタエク伯軍だけでなく、ラミテッド侯軍からも騎兵を抽出した部隊だ。

もう一つは軽歩兵を中心とする部隊。こちらは丘陵地帯でも高い機動力を発揮するゴティロワ族と、比較的軽装備の者や若くて体力がある歩兵を、皇帝直轄軍とラミテッド侯軍からそれぞれ選び再編した部隊だ。

そして最後に、それ以外の機動力の低い重歩兵の主体とする本隊。そして今、この場には本隊しかいない。

俺は今、馬上でゲーナディエッフェと並び、戦闘計画などの説明を受けていた。ちなみに、ティモナを含むそれ以外の人間はみな配置に戻っている。


「なるほどな」

本隊が展開しているこの地域は、地形的に東……つまり本隊から見て左側に木々の生い茂る丘陵地帯があり、西となる右側には平野が広がっている。そして左右それぞれに別働隊を動かし、既に迂回して近づく敵の背後へと回り込むよう指示を出したという。

「本隊をあえて手薄にし、そこを狙って飛びついてくる敵を別働隊と挟撃する……か」

「『槌と金床』っていう基本伝術だ。分かるか」

鉄床《かなとこ》戦術……軍を分け、一方が敵を引きつけているうちに、もう一方が背後や側面に回りこみ、敵を挟撃、あるいは包囲する戦術。地球でも有名な戦術で、引きつける方が鍛冶屋の金床、回り込む方が槌に似ているからそう呼ばれた。この辺のネーミングセンスはこの世界でも一緒らしい。

「敵が金床に食いつかないと意味がない戦術だ。普通は各個撃破の好機でもあるから、数の減った本隊に敵は食いつくだろう……だが卿は既に、随分と暴れまわっている。当然警戒されると思うが？」


俺の言葉に、ゲーナディエッフェは二本指を立てる。

「餌が二つ。一つは行軍形態の縦隊列と思わせるように、少しずつ東側へと本隊全体を動かしている。ここにいると分かりにくいだろうがな」

基本的に軍隊は、移動するときは縦長に、戦うときは横長になるのが基本だ。だから行軍中の部隊は横からの奇襲に弱い……つまり、行軍中の部隊に見えれば敵はチャンスだと錯覚すると。

「この本隊は縦隊で前進しているのではなく、横隊で横移動していると」

「そうだ。ついでに言うとな、ここまで戦ってきた経験からしてロコート軍は総じて偵察が甘い」

言われてみれば、少し本隊の陣形は横に伸びている気がする。なるほど、厚みを減らして横に伸ばす、攻撃的な陣形だな。

「もう一つは皇帝直轄軍……正確には陛下の所在を表す旗の存在。陛下が直々に出陣するという噂はすぐに回るからな。陛下がいなくとも、皇帝旗さえあれば敵は食いつくと思った」

ああ、いつものやつか。敵は戦場で「皇帝を討つ」という欲に逆らえない。ただ今回の場合問題は、本当に俺を囮にするつもりは無かったたってことか。

「だから余が到着して『困った』と言ったのか」

「そうだ」

まぁ、俺を囮にする前提だと、帝国組は反対するだろうな。

「いないからこそ、これ幸いに囮にしようとしたのだが……どうする、今からでも近衛の位置を少し下げるか？」

「もう敵がすぐそこに迫ってきているのに？」


馬上からだと良く見えるが、ロコート軍はまっすぐこちらに向かって進んできている。

「そう簡単にできるものなのか」

「まぁ、難しいな。多少の混乱も生まれる。だが陛下の安全には変えられんだろう」

だろうね。あとは俺だけ下がるってこともできるけど、それもまたナンセンスだ。

「それより、鉄床戦術は連携が重要……失敗すると各個撃破されるがそこのところは大丈夫なのか？」

右翼の騎馬隊の方はまぁ、ペテル・パールとエタエク伯（合流するため、単騎で走り去っていった）だから上手くやりそうだが。しかし左翼の方は、ゴティロワ兵も多く割いたとはいえ、指揮を執っているのはラミテッド侯であるファビオだ。彼はまだ若いし、ゲーナディエッフェとの連携も未知数だ。

「それも、多少のミスは構わないと思っていたんだがな」

こっちも、俺が間に合ってしまって予定が狂ったと。

「だがなんとかなるだろう。それに、上手くいけばラミテッド侯の功になる。陛下としても嬉しかろう」

「……卿はそういう気づかいをする人間だとは思わなかったが」

まぁ、もう作戦も決まって陣容も決まり、動き出してしまっている。今から俺が何か言っても、悪い方にしか進まないだろう。

「そろそろ戻るが……どうする、陛下が指揮を執るか」

「今更？　冗談を言え……全ての指揮を任せる」

ここまで組み立てたんだから、最後まで指揮を執ってくれなきゃ、こっちが逆に困る。

「とはいえ、体裁もある。適当に伝令を行き来させてくれ。後で口裏合わせて、全ての命令を余が許可したことにする」

特にゴティロワ族はねぇ、嫌われ者だからそういうところまで気を付けないと。

「……適当にって、報告は？」

「聞く余裕はないだろう。こっちは最前線だぞ」

近衛と俺は、ロコート軍に対する餌として最前線で待ち構える。そういう布陣になっている。

「別に陛下も近衛に合流する必要はねぇだろう」

「いや。そもそも今回、皇帝軍は余が不在だったことに気が付いているだろう。士気を上げるためにも、余の所在は派手にアピールした方が良い」

それに、このシチュエーションは都合がいい。問題は……。


俺はゲーナディエッフェのことをまじまじと見つめる。

「こいつは思った以上に責任重大だなぁ」

問題はこのゲーナディエッフェが失敗でもしようものなら、俺の失態になるってとこだよなぁ。

まぁ、裏切られる心配はまずない。ゴティロワ族にとって、俺は珍しく差別しない皇帝だ。利害も一致している。

問題なのは実力の方。ゲーナディエッフェが優秀な指揮官であることは分かっているが、果たしてこの作戦が上手くいくのか、そして勝てるのかどうかだ。

これがゴティロワ族だけの軍隊ならゲーナディエッフェが勝ちそうだが、今回は混成部隊。ゲーナディエッフェに扱えるのか……。

いや、信じるべきだな。というか、俺はそもそも野戦の指揮なんか得意じゃない。ゲーナディエッフェが指揮して負けるなら、俺が指揮しても負けるだろう。

その上で、俺の存在が邪魔にならないようにもしておくか。

「それと、余を守ろうとはしなくていい」

「……おい、本気か?」

最初の作戦の段階で、俺はいないものとして扱われていた。その時点では、敗北条件に「皇帝の戦死」なんてものはなかったはずだ。この状態で、俺を守ろうとすればノイズになる。最初の計画通りにする方が良い……それにここから先は、これまでの戦場とは違うからな。

「それに……卿は後方から指揮をとる君主より、前線で兵と共にある君主の方が好ましいかと思ったんだが?」

俺がそう言うと、ゲーナディエッフェは驚いた表情をして、それから声を上げて笑った。

「ガッーハッハーッ! そうだな、それはそうだ!」

まぁ、ゲーナディエッフェ自身が最前線で指揮を執るタイプだし。

「おい! イルミーノを呼べ!!」

ひとしきり笑った後、ゲーナディエッフェが近くにいたゴティロワ族の近習にそう叫んだ。

それからしばらくすると、一人の少女がやってきた。

「儂の孫だ、使えるから連れていけ」

さっき俺が死にかけていたとき、声をかけてきた少女だ。どっかで見てことあると思っ……あ、思い出した。

「お前、余がゴティロワ兵に歓待してもらった時の」

そうだあの時、俺が酌をしてもらっていたゲーナディエッフェの孫だ。

俺は興味がなかったし、そもそもあの時とは格好も髪型も違うからすぐには気付かなかったけど。


ていうかこいつ、ゲーナディエッフェが俺の妻として送り込もうとしていた孫娘じゃねぇか。

「ゲーナディエッフェ、まだ諦めていなかったのか」

ここは戦場なんだしそういうのは止めてほしい……そう思っていたのだが、ゲーナディエッフェの言葉は意外なものだった。

「いいや。これは純粋に近習として連れてきた。こう見えてかなり戦える」

……マジかよ。というか、最近こんなのばっかりだな。

「護衛か？」

あるいは最前線で戦う俺に対する、ゲーナディエッフェからの人質だろうか。

「それもあるが……」

ゲーナディエッフェはそこで、周囲のゴティロワ兵を一瞥すると、さらに続けた。

「コイツはそこそこに強くて、背も他のに比べたら高く、顔も良いし……何より気さくでな」

背は……ゴティロワ族基準での話だろうな。帝国人的には平均かそれより低い。

「ここだけの話、連れてるだけで勝手に若造共がやる気になるんでなぁ」

なるほど、この娘はゴティロワ族的には憧れの存在だと。まぁ、ゴティロワ族長の孫娘ってだけでも人気だろう。そんで、なんでそのお姫さまをわざわざ俺のところに？

……いや、そういうことかよ。

「若いのにとっては皇帝よりお姫様か」

「ガハハ、話が早くて助かる」

若い兵士にとっては、よく分からん皇帝のために戦うより、お姫様のために戦う方がやる気が出ると。本当に正直な奴だ。


「イルミーノと言ったか」

「うん、よろしく」

挨拶かるっ。俺は気にしないけど、皇帝に対する挨拶としてはどうなの。

俺は無言でゲーナディエッフェに視線を向ける。

「おう、誰に似たのか礼儀や言葉遣いはこんなんでな。だから喋らせなかった。黙ってりゃマシだからな」

あーはいはい。確かにゴティロワ族の宴に参加したときは一言も喋ってなかった。ボロが出るから喋らせなかったたって訳ね。

「まぁ、戦場だからそのままでいい」

ゴティロワ族嫌いの貴族は卒倒するかもだが、そんな奴はそもそも戦場に来ないし、近衛もそんなことで文句言う奴はとっくに放逐されている。


もういい加減、敵軍も近づいてきた。

「そろそろ行くよ。孫娘も借りるな」

俺がピンチに陥っても、このイルミーノって娘がいればそれを助けるためにゴティロワ族は助けに来る……それってやっぱり人質だよな？

「本当に、儂の戦い方で良いんだな？」

随分と念入りな確認だ……というかゴティロワ族の、ではなくゲーナディエッフェの、なのか。

「くどい。余計なことやって負ける気はない」

「そうかい……あぁ、それと」

何か言い忘れていたようで、俺はゲーナディエッフェに呼び止められた。

「なんだ？」

「うちの孫娘には部隊を率いさせるな」

そのイルミーノはもう既に、馬に乗って近衛隊が布陣する最前線に向かって移動を始めている。

「なんだ、指揮官は未経験なのか」

まぁ、戦士と指揮官は別物だからな。

だがゲーナディエッフェの言葉は、俺の予想とはかけ離れたものだった。

「いや、あれは他人の命に興味がない」

……え、マジ？　もしかしてサイコパス的な？

「部下が何人死のうが何とも思わないヤツだ。貴重な近衛を減らしたくはねぇだろ」

俺の知り合いの女性、癖のあるヤツばっかだな。男よりキャラ濃いんだよなぁ。

「……ちょっと待て、そんなのを嫁がせようとしてたのか？」

「ガッハッハ」

いや笑って誤魔化すなよ。

落日の戦い　中

近衛が布陣するのは本隊の中央、そのほぼ最前列だ。

ほぼと言ったのは、実際は近衛の前にゴティロワ兵と皇帝直轄軍の長槍兵の隊列が二列ずつ交互に並んでいる。俺がいなかったとしても、端から近衛を無駄に消耗させるつもりは無かったらしい。

俺が到着すると、ティモナとバルタザールに出迎えられた。俺は近衛の指揮をバルタザールに任せると告げ、交戦に備えるように言った。

それから俺は、内心では恐る恐る、ただしそれが表に出ないようにティモナに声をかけた。

「何か言いたいことあるか?」

付き合いが長いから分かるが、ティモナの不服そうな雰囲気を感じ取った俺はそう聞いた。

「いいえ。陛下が間に合う可能性を考慮しなかった私の失態です」

やはり俺が最前線にいるということが嫌ならしい。自分のミスだと言いつつ、納得のいってないという感じだ。

まったく、過保護というかなんというか。本当にヤバくなったら下がるって。


「あぁ、そうだ。ティモナ、彼女のことは知ってるか?」

俺は護衛としてついてきたイルミーノについて、ティモナに訊ねる。

「えぇ。ゴティロワ族の天幕で陛下に酌をしておりましたから」

あぁ、それちゃんと覚えてたのか。いや、俺が興味ないと覚えようとしなさすぎるのか……?

「余の護衛として送られてきた。傍に置くが良いか?」

「ご随意に」

ううむ、機嫌悪い……というか、ピリピリしている。敵軍が近いってのもあるんだろうな。

「私は陛下のそばにいたらいーの?」

その声の方に目を向けると、少女は馬から降りてこちらを見ていた。

「あぁ、護衛だからな……下馬するのか？」

「乗れるけど、馬上で戦うのは苦手」

確かに、彼女は槍などの長物も、弓などの遠距離武器も持っていない。確認できる武器は両腰に差した二本の剣だけだ。

「得物は？」

俺の質問に、彼女はその二本の剣を抜いてみせて言った。

「にとーりゅー」

気の抜けた声だが、その所作は慣れている人間のそれだった。剣を鞘から抜く動作で、その人が扱い慣れてるかどうかは意外と分かるんだよね。

それにしても、二刀流か。両手が塞がるから、馬上戦闘が苦手なのも納得だ。

「その剣、魔道具ですか」

するとそれを見たティモナが彼女にそう尋ねる。言われてみれば、刀身が淡く光っている気がする。

「うん。お爺様って、口ではああだけど孫に甘いんだ」

へぇ、それはまた意外な一面だな。


「そろそろ始まる？」

「あぁ、来るな」

これは勘だけど、戦闘が始まる気配がする。不思議なもので、何度か戦場に出るうちに、これくらいは何となく分かるようになってきた。

「敵は召喚魔法を使わないようだな」

この世界における魔法兵の戦術は基本二通り。召喚魔法を連発して弾除けや壁にするか、歩兵を盾に接近して強力な魔法を叩き込むかだ。前者は魔法戦力において劣勢な時によく採られ、後者は優勢な時によく狙う戦法だ。

「我が軍より自分たちの方が魔法戦力において有利と判断したのでしょう」

まぁ、魔法兵の部隊はアプラーダ攻略軍の方に回したからね。

皇王にはロコート軍との戦闘に注力するかのように言ったが、実際のところ主力部隊はみんなアプラーダ攻略に回している。


左右の方から、銃声が鳴り響いた。帝国軍が撃ち始めたようだ。それに対し、ロコート軍の銃兵も反撃を開始……いよいよ戦闘が始まった。

「そして正面は、と……やはり狙ってくるよな」

銃兵の打ち合いから始まった左右とは違い、正面のロコート軍はいきなり突撃から始まった。敵の騎兵部隊がまっすぐこちらに向かってくる。

それに対し、こちらは皇帝直轄軍の槍兵が槍衾を組んでこれに対抗。そして敵騎兵の足が止まると、その後ろからゴティロワ兵が短めの得物で敵を刈り取った。

……いや、びっくりするくらい連携が取れている。連携する訓練の時間などなかったはずなのに。

帝国兵が敵を止め、ゴティロワ兵が二列目から一撃で殺す。一列目が突破されれば、複数人のゴティロワ兵が飛びかかる……いや、違う。これ、ゴティロワ兵の戦い方が上手いんだ。ゴティロワ兵以外と一緒に戦うのに慣れている。

ちなみにゴティロワ兵の中に銃兵はほとんどいない。

それは恐らく、量産され普及しているマスケット銃が一般的な人間向けだからだ。それと比べ極端に背丈の低いゴティロワ兵にとって、これは間違いなく扱いにくい。

「しかし、なるほどなぁ」

思わず呟きを漏らすと、イルミーノが反応する。

「何か感心することあった?」

「戦い方だ。ゲーナディエッフェの戦術と言うべきか」

ゴティロワ族は普通の人間より膂力《りょりょく》がある。魔法抜きなら、基本負けないだろう。それはかつて宴に参加したときに見たレスリングと相撲の中間のような取っ組み合いで、理解していた。

そんな彼らの得意戦法は白兵戦。人間より低い重心から、より強い膂力で重い一撃を敵に見舞う。

ただし、恐らく防御は苦手だ。だからゴティロワ兵の得意な戦い方へと持ち込むために、前の列に防御役として帝国軍の槍兵を置いているのだ。

「ごめんね、不快でしょ」

不快……？　あぁ、見ようによっては、帝国兵を盾に自分の兵を温存してるように見えるのか。

「いや、これが正しい。より強力な兵科の強みを生かすための戦術として、これは完成度が高い」

結果的に、この戦法はより多くの敵を屠れるだろう。一列目と二列目を逆にするより、帝国兵の損害も少ないはずだ。


この戦いはきっと、勉強になる。

俺はさらに、もう一つ気になったことを訊ねる。

「ゴティロワ兵っていうのは、あまり長物は使わないのか」

ゴティロワ族は「ドワーフっぽい」からな……いや、これは差別とかではなくてだな。ただハルバートを使ってそうというか、使っていたら似合うというのかな。

「うーん人によるかな。うちらって最近まで南北に分かれてたから。北側は使う人も多いけど、南側は少ないかも」

ゴティロワ族は分裂していた。それを統一したのがゲーナディエッフェだ。しかしそうか、ゴティロワ族も実際は氏族ごとに小さな差異があるのかもな。

「あぁでも、投げ物はみんな共通してるよ。みんな投げ斧なの」

投げ斧か。確かに、ゴティロワ族は農耕より狩猟を得意としてるし、そのイメージはあるな。普通に投擲用だけでなく、手持ちで振っても強いからな。何より、威力も馬鹿にならない。

「ちっちゃい頃からみんな教え込まれるの。特に男の人は、斧で獲物を狩れないと結婚できないんだよ」

へぇ。そんな風習があるのか……やっぱり異民族って新鮮で面白いよね。


もう交戦が始まっているのにそんな呑気な話をしていると、前方からバルタザールの叫ぶ声が聞こえた。

「陛下！　そろそろ交戦します！」

どうやら最前列が崩れ始めたらしい。

「頼んだぞバリー！　一人も通すな!!」

近衛隊の指揮は任せているからな。命を預けているようなものだ。

ちなみに、銃声が最初にしたタイミングから防壁魔法は常に複数展開している。体内の魔力を使わなくていいなら、このくらいはかなり余裕だ。あと、何だかんだ毎日魔法使ってるから、初陣の時よりも魔法を使うの上手くなってる気がする。

「早いね、崩れるの」

「ゲーナディエッフェはかなり攻撃的な陣形を敷いたからな」

陣形とは基本的に、隊列の数が多ければ……つまり敵に対し、陣形に厚みがあれば防御力が高くなる。一列突破されても次の一列、そのまた次の列と、次々に部隊が敵に当たるので突破されづらい。

逆に敵に対し薄く、その分横に隊列を伸ばせば火力が増し、攻撃的になる。こっちの方が、一度に敵と交戦する人数が増えるからだ。その分、突破もされやすくなるから防御力は低い。

「短期戦になると判断したのだろう。かなり横に隊列を広げていたからな」

行軍形態と敵と騙すためでもあったんだろうけど、それにしても攻撃的だ。

「突破されない……予備部隊を完璧なタイミングで劣勢な箇所に送り込める自信があるってことだろうな」

ゲーナディエッフェは強い。俺はそう確信した。もちろん、普通に考えたら……二十代のうちに部族内の紛争を終わらせて、それから最近までの数十年、かなりブランクあるけど大丈夫かって思うところなんだけど。

「ところでイルミーノ、お前の初陣はどこだった？」

実戦を経験してない軍隊は弱い。この時代、まだまだ傭兵の価値が高いのは彼らが実戦経験豊富だからだ。

アトゥールル族もエタエク伯も、傭兵として活動していたからあの練度の高さを見せている。一方ゴティロワ族は最近まで、あまり帝国軍として積極的には活動してこなかった。宰相派から嫌がらせを受けたし、彼らが帝国のために戦わないのも道理だ。

……つまり、表向きは帝国に従属していたゴティロワ族も、裏では帝国以外のどこかに傭兵として参加していた可能性が高い。

「ん？　それはゴディ……んんっ、ゴティロワ族内のちょっとした小競り合いだよ」

ゴディニョンかぁ。皇国じゃなかっただけマシかなぁ。

というか、最近ゴディニョンがロコート相手に大敗したのって、ゴティロワ族が抜けた穴のせいかもな。

ちなみに、ゴティロワとゴディニョンは名前の雰囲気が似ているが、恐らく偶然ではない。その関係性については諸説あるらしいが、下手したら帝国以上に関係が深い。

だからまぁ、ものすごく腑に落ちる話だ。

「だからゴティロワ兵以外も上手く動かせる自信があるんだな」

何かしら上手くやるだろうとは思っていたけど、ここまでゲーナディエッフェが帝国兵を動かせるとは予想外だった。嬉しい誤算だな。

「それとイルミーノ」

「私は何も言ってない」

いや、それはもういいよ。別に咎めないし……俺が実権握ってからはちゃんと帝国軍として活動してくれているんだから何も問題ない。

「別働隊はどのくらいで来そうだ」

特に丘陵地帯を迂回しているゴティロワ兵。それがどのくらいでこの場に到着するかだ。


「もう来てるんじゃないかな」

イルミーノはそう言うと、さらに続けた。

「だってお爺様のことだから。左手の丘陵は木々が生い茂ってて隠れやすいけど、騎兵はそうはいかないでしょ？　だからきっと騎兵の到着待ちだよ」

なるほど、その可能性は高いな。つまり、本隊が本当にヤバくなったら騎兵が来る前でも丘陵側の別働隊は動く……リスクヘッジまで完璧ということか。

だがその場合、『鉄床《かなとこ》戦術』は失敗と言っていいだろう。この作戦で重要なのは、金床《本隊》の方ではなく、それに打ちつける槌《別働隊》の威力だ。

今回、ゲーナディエッフェはわざわざ軽歩兵と騎兵の両方を別働隊にした。それはつまり、どちらかだけでは威力不足と判断したということだ。


「必要なのは……敵を敗走させないように、それでいて味方が崩れないように」

上手いこと調整しながらの戦いか。

俺がもし、歴戦の指揮官だったら……部隊を動かし指揮を執ることでその調整を可能としただろう。だが俺に、その自信は無い。

結局、自分にできることをやるしかない。


そんな風に考えていると隣で同じように戦場を眺めていたイルミーノが突然、俺が乗った騎馬の前に躍り出た。

それから彼女は、素早い身のこなしで剣を抜くと、飛来してきた何かを叩き落とした。

「矢か？」

「うん。まぐれっぽいけど」

すげぇ……飛んでくる矢を叩き落とすとか。動体視力とか技術とか、いろんなもの必要そう。しかも切るんじゃなくて、叩き落とすことで矢の軌道を逸らしてるとこも流石だ。切ろうとすると、裂けるだけで軌道は変わらなかったりするからね。俺に当たらないような配慮まで見える。

「陛下、お下がりください」

ティモナは強い口調でそう言った。まぁ、俺が既に防壁魔法を展開していることは分かっていたんだろう。焦りはしていない。

ちなみに防壁魔法には対物理攻撃、対魔法攻撃など種類があり、俺はちゃんと両方を展開している。

「有効射程ではなさそうだが、そろそろ動くか」

前線はかなり押し込まれている。目的通り敵は十分に引きつけられているし、これ以上は貴重な近衛兵の損害が増えかねない。

「助かった、イルミーノ。後で褒美を取らす」

「褒美くれるの？　じゃあ……結婚が良いな！」

……あれ、俺と結婚させようとしたの、てっきりゲーナディエッフェの独断だと思っていたんだが。それとも、相手は俺じゃなくても良いから、とにかく結婚相手を探してるってことかな。


……まぁいいや。無視しよ。

「そのままそこで護衛を頼む」

「え、無視？」

俺は次に、ティモナに向けて命令する。

「ティモナ、手綱を頼む。余は自分の魔法に集中する」

俺の言葉の意味を察したティモナは、さすがに驚いていた。

「お見せになられるのですか、ここで」

「あぁ。正直、隠しておくメリットも少なくなってきた」

これまでは、いつか使える切り札として隠してきた。

そしてこれまでは……天届山脈以西の文化では問題なかった。

だが、天届山脈以東の国々では魔法の使えない王族は舐められるらしい。これは元皇太子ニコライ・エアハルトだけが言っていたことではなく、それ以外の国々でもそう感じるらしい。

とはいえ、魔法が使えなければ人に非ず、みたいな話ではない。ただ何となく弱そうとかとか、戦いに勝てなそうとか、国内で発言力なさそう、リーダーシップを発揮できなそうというステレオタイプの偏見ってやつだ。

俺も、俺個人が嘲笑われる分には気にしなかっただろう。だが、そのイメージは良くない。これから対皇国で協調したい国々から、それも帝国が中心になって対皇国同盟を結びたいこの状況で、皇帝に対して「弱い」とか「リーダーシップがない」というネガティブなイメージは持たれたくない。

強い皇帝を演じないといけない俺にとって、この切り札はそろそろ切っていいタイミングだろう。

「別に切り札は一枚だけじゃないし」

そして何より、切り札というものは使われて初めて効果を発揮する。

馬上からは、戦場がよく見える。多くの兵が、乱戦の中を戦っている。

シュラン丘陵で戦った時は、俺が前線へ行っただけで士気は上がった。それは皇帝という存在が最前線にいること……それが異常なことだったからだ。決して普通のことでは無かった。だから沸き立った。

だがその特別感も薄れつつある。特に近衛なんて、俺のことは日常的に見かけるしな。

そんな彼らの士気を、より上げるためには。

簡単だ。勝てると思わせればいい。それが嘘だろうが何だっていい。

絶対に勝てる戦いから逃げる奴はいない。だからこの軍は、この戦いは勝てると思わせられるように。

この皇帝のいる軍は不敗なのだと、そう信じさせられるように。

俺は兵士の目を意識した。彼らにとって、戦に勝てる皇帝……戦場で頼りになる皇帝として見られるように、全力でかっこつける。

腕を伸ばし、指先に起点を作り、そして周りの兵たちにも聞こえるように魔法の名前を口にする。

「炎の光線《フラマ・ラクス》」

落日の戦い　下

「陛下の魔法だ……」

どこからともなく、兵士の声が聞こえる。

「きれいな魔法」

この声はイルミーノだな。まぁ、綺麗かどうかは分からないが、派手ではあるだろうな。

何せ、やってることは指先からビームを出しているんだから。


魔法で重要なのはイメージだ。そしてこの世界の魔法使いは、威力の高い魔法を撃とうとすると、巨大なものをイメージする。巨大な火球・巨大な氷塊……そういうのばかり見慣れた兵士たちにとっては、光線《ビーム》は見慣れないものだろう。そもそもイメージが難しいかもしれない。

「おい、この魔法っ！」

今度は別の兵士の声だ。俺の魔法だとバレなさそうなタイミングでは、俺は何度か使ってるからな。実は俺が使っていたと気付いたのかもしれない。

「あぁ。クローム卿の魔法だ」

……おいふざけんな！　こっちが本家だぞ!!


「クソ、あの野郎」

「集中してください」

思わず悪態をつくと、ティモナに注意された。

「分かってる、問題ない」

分厚い鎧も一瞬で溶かして貫通する魔法とか、間違っても味方に当てる訳にはいかないからな。

「ちゃんと狙いを定めて撃ってるよ」

何より、馬上からなら歩兵たちの頭越しに狙撃もしやすい。あと、ちゃんと突破されそうなところとか、味方が負傷したところをカバーするように撃っている。

ただ、あまり殺しすぎると敵が浮足立って逃げてしまうかもしれない。そうなると作戦は失敗だ……だから基点は一つだけで、やりすぎないようにしている。

「一本ずつとか、逆に新鮮だ」

いつもは十とか二十とか出すからな。いやビームの数え方、本で正しいのか分からないけど。

あと、一本ずついつも以上に丁寧に撃っているせいで、無駄に力んでいるのか普段より貫通力が高い気がする。さっきから一人だけじゃなく後ろの兵も何人かまとめて撃ち抜いちゃってるし。


「それだけではなく、敵の弓矢や銃弾にも経過してください」

「分かってる。射線が通りそうなら優先して撃っている」

とはいえ、弓兵は当たり前だが歩兵の後ろにいる。銃兵に関してはそもそも白兵戦に弱いからここには向かってきていない。

おかげで、最初の一回以降は矢も飛んできていない。

「ひま」

そのせいか、イルミーノはそう言って欠伸をした。

その態度にキレたのか、ティモナが彼女に注意する。

「集中してください。陛下に何かあれば、貴女は殺します」

「できるの？」

何やってんだ？　こいつら。


「イルミーノ、暇だからってティモナにケンカ売るな」

「だってひまー」

なんで魔法使って人殺しながら、喧嘩の仲裁までやらなきゃならないんだ。

「ティモナも。そいつはそういう生き物だ」

ゲーナディエッフェが言ってたの、こういうところなんだろうな。他人の命に関心が無いってやつ。

俺自身、こうやって魔法で人を殺すのに慣れてしまった。それでも、何も感じない訳じゃない。

殺した相手が夢に出てきたことも一度や二度じゃない。

なのに、何も感じないってのはある意味才能だ。まぁ、人を殺して興奮するタイプもいるらしいし、そうでは無かっただけマシだろう。


「大丈夫、将来の旦那さまはちゃんと守るよ」

……絶対に側室にはしたくない。

＊＊＊

それからもしばらく、俺は炎の光線《フラマ・ラクス》を撃ち続けた。

戦況は悪くない。近衛は崩れることなく、敵の攻撃を跳ね返し続けている。問題は戦場全体の状況が分からないってところだろうか。まぁ、これはゲーナディエッフェを信じるしかない。

ただ、味方の歓声が定期的に上がるから、たぶん優勢なんだと思う。


宙に火球が浮かんだのはそんな時だった。

「魔法兵部隊か」

俺が呟くと、ちょうど複数の火球が弧を描いて飛んでくる。

近くに来たら防ごうと思ったが、その魔法攻撃はかなり遠くに着弾した。あの辺りは……皇帝直轄兵の銃兵隊がいるところだろうか。

「魔法は射程が読めません。下がりますか」

「私も魔法は防げない」

警戒するティモナとイルミーノに、俺は問題ないと言葉を返す。

「あの程度なら問題なく防げる。それに……」

魔法の威力はそれほど高くない。近くに飛んでくれれば防壁魔法で防げる。だけどそもそもここには飛んでこないだろう。

「敵も馬鹿じゃない。魔法兵相手に魔法を撃つより、効果的な相手に撃つ」

天敵である防壁魔法で防がれないように、魔法兵のいなさそうなところに魔法を撃つっていうのは基本中の基本だ。


さて、どうしたものかなぁ。魔法が使えない兵士にとっては、あの程度の魔法でも十分すぎる威力だよなぁ。

「敵の魔法兵部隊の位置は今の攻撃でおおよそ割れたが……」

あまり派手な魔法を使うと敵が撤退してしまうかもしれない。かといって、俺が魔法攻撃の着弾しそうなところまで走って行って防ぐっていうのも、さすがにちょっとリスクが高すぎる。

……それにしても随分と前線に出てきたな。相当近いぞ、これ。


「こちらの魔法兵は？」

「最低限しか残っておりません。主力は別働隊の方ですし……」

ティモナの言いたいことは分かる。そもそもサロモンが鍛え上げた魔法兵の部隊は、全てアプラーダ攻略の方に回してしまっている。この戦場にいるのはラミテッド侯軍の魔法使いばかりで、その魔法兵の練度はあまり高くない。

「防ぐのが精いっぱいで、反撃は厳しいかと」

「だよなぁ」

そもそも、敵は魔法戦力で優位に立っていると思っていたはずだ。だからここまで魔法を温存していた。

この世界における魔法兵の戦法は二つ。他の兵を温存するために魔力を消耗して召喚魔法を使うか、強力な魔法を相手に叩き込むために他の兵を盾にして接近するか。

ただ、この世界の魔法は基本的に空気中の魔力を使う性質上、例えば自分たちが強力な魔法を叩き込もうと魔力を温存していても、相手が積極的に召喚魔法を使い魔力を消耗してしまえば、自分たちが魔法を使う前に魔力枯渇となり、一方的に不利になってしまう。

だから大抵の戦場において、指揮官は魔法兵に召喚魔法を使わせる。ついでに言うと、召喚魔法はかなり魔力を使う。あと、理論とか仕組みをよく理解せずに使ってる人間が多いのも召喚魔法の特徴だ。

これは推測だが、恐らく召喚魔法のメカニズムは、どこかに生きている魔獣などの個体を呼び寄せているのではなく、魔力をイメージしやすい既存の生物の形に当てはめて打ち出しているのだと思う。

だから召喚した魔獣は素直に言うことを聞くし、自発的な思考能力などは無いから複雑な動きはしないことが多い。

あとほぼ魔力百パーセントの存在だから、銃弾の一発二発ですぐに消滅するし、発動時の消費魔力が大きい。

それでも戦場で多用されるのは、比較対象が人の命だからだ。だから弾除けとしてみんな召喚魔法を使わせる。

……ちなみに、俺は召喚魔法が大の苦手である。よく言われるのは「精霊を呼び寄せるイメージ」なのだが、「それ実際には呼び寄せてないじゃん」と思ってしまうのでそれでは発動しないのだ。

むしろ「伝承とか神話でよく使われるから」ってだけで使えてしまう人間の方が異常だと思う。そういう人多いらしいけど。


閑話休題、そういった事情で召喚魔法は戦場で多用されるのだが、今回は使われなかった。

敵将の思考は分かる。恐らく魔法兵の戦力で自分たちが圧倒的に優位なことを感じ取っており、火力の高い魔法攻撃で一方的に打撃を与えられると思ったのだろう。

そして戦闘を進めていくうちに、こちらに魔法兵だけでなく、騎兵戦力もほとんどないことを感じ取った。だから敵はあんなに前線まで魔法兵を出してきた。十分な威力の魔法を確実に帝国軍に当てるために。

「いや、そもそも敵の魔法兵もそれほど練度は高くないのか」

俺がそう呟くと、ティモナがそれに答える。
「強い、という噂はあまり聞きません。それと密偵の報告では、精鋭はベニマの援軍に向かってい
る可能性が高いと」
あぁ、そんなことも言っていたなぁ。だからこんなに近くまで来て、この威力か。

そんな話をしているうちに、また魔法が投射される。なんというか、すごい手ごろに狩れそうな
んだけどなぁ。
「しかしまぁ、あと少し耐えていれば別働隊が魔法を使うか」
「でも取り逃がしてしまうかも」
うーむ。イルミーノの考えも真っ当だな。まぁ、取り逃がしても良いかなって思えるくらいには
練度低いんだけど。でもなぁ、魔法兵は低練度でも貴重だからなぁ。潰せることに越したことは無
いんだけど。
でもそれやると敵、撤退しちゃうかもだしなぁ。

まぁ、こんな考えができてしまうのは、兵数的に劣勢なはずなのに優勢で戦えているからなんだ
けど。いや、ほんと凄いわゲーナディエッフェ。
敵軍は相当攻めあぐねている。たぶんだけど、劣勢になる前に危ないところに援軍を送っている。
というか、攻めあぐねているから敵は魔法兵を出して来たのか。だとしたらやっぱり、魔法兵を

潰してしまうと敵は諦めて撤退しそう……。

「……ん？」

そんなことを考えていると、左手の木々生い茂る丘陵地帯から一斉に鳥が飛び立ったのが見えた。

……来たか。いや、もしかするとそういう習性の鳥なだけか。一羽飛び立ったら一斉に飛ぶみたいな。

いや、だとしてもだな。今ので敵軍の注意は森の方に割かれた。攻撃すべきタイミングで無くとも、勘づかれた可能性があるなら伏兵は動くだろう。俺ならそうする。

「ティモナ、前進するぞ」

「危険すぎます」

即座に反対する彼に、俺は詳しく状況を説明する。

「左手の丘陵から一斉に鳥たちが飛び立った。たぶん伏兵の軽歩兵隊が動き出した」

あるいは伏兵にバレて敵に攻撃されたかだが、その場合もやるべきことは変わらない。

「この位置からは見えないが、恐らく騎兵隊がもう敵の背後に迫っている」

ここまで一切動かずに潜んでいたのに、急に動き出したということは、たぶんそういうことだ。

さすがに戦況を理解したティモナだが、彼は尚も反論する。

「反撃の際には、伏兵からもゴティロワ族長からも合図があります。もう少しお待ちください」

なるほど、そういう話が事前にあった訳か。

「反撃の合図と同時に魔法兵を殲滅したい。この位置からだと流石に余の魔法でも厳しい。もう少し近づきたい」

魔法兵は貴重だから、敵は優先して逃がそうとするだろう。その場合、取り逃がしてしまう可能性が高い。

何より、敵の魔法はさっきから火球だ。万が一、敵が咄嗟に丘陵の方に向かって撃てば、こちらの伏兵の出鼻がくじけてしまう。

「それでも、目立ちすぎます」

「いや、そっちはもう十分だと思う。皇帝旗などはここから動かさない。なるべく目立たないようにしよう」

味方の兵士に俺が魔法使ってることを堂々とアピールしていたが、それはもう十分だろう。これからやろうとしているのはどちらかと言えば奇襲の類だ。

「はあ」

ティモナの口からクソデカいため息が出た。

常に俺の身の安全を優先するティモナにとって、許しがたい行為だろう。それでも、それがこの戦場において決定打になり得ることも分かっている。

「防御の魔法は」

「減らさない。その代わり、今までと比べ物にならないくらい集中する。たぶん会話もできない」

俺が今から使おうとしている魔法はかなり地味だ。その代わり、十分な威力がある。

まぁ、さすがに敵魔法使いを全滅させられるかは分からないが、少なくとももう魔法攻撃ができないくらいの被害は出せるはずだ。


「イルミーノ、死ぬ気で陛下を守りなさい」

「最初からそのつもりだけど」

馬の手綱はずっとティモナに任せている。俺が命じても、ティモナが動かなければ、前には進まない。それくらい俺はティモナを信用している。

「進みます」

そのティモナが前に進むことを選んだ。ティモナなら、命がけで俺を守ってくれる。

「陛下が出られる！　近衛第三分隊！　ついて来い!!」

＊＊＊

「近衛長に伝令！　前進せよ!!」

これから使おうとしている魔法は、炎の光線《フラマ・ラクス》に比べれば地味だ。あれは分かりやすく手元からビームが伸びていく。だから皇帝が魔法を使っているというアピールには最適だった。

それ比べれば、この魔法は誰が使った魔法か分かりにくいだろう。だが仕方ない。

「ティモナ、合図が来たら教えてくれ」

「かしこまりました」


仮に敵の魔法使い部隊を討ち漏らしても、魔法が使えなければ脅威ではない。相手の魔法兵が魔法を使えなくなるような威力が必要。となると、相当溜めないとな。

まず俺は、防壁魔法で箱状の結界を作った。この防壁は、熱を通さず魔力は通す仕様にする。この辺りの条件付けは、昔から得意なんだよね。

「敵を陛下に近づけさせるな！」

そして俺は右手を天に向け、結界の中で魔力を熱エネルギーに変換する。そしてそれを圧縮……これをひたすら繰り返す。

たぶんこれ、結界の中でやらないとすぐに周囲の空気と反応してしまうと思う。

普段から使ってる炎の光線《フラマ・ラクス》は、貫通力を増すためにビーム状にして放出している。鋼でできた重鎧だろうと一瞬で貫通し敵を殺せるように。

「イルミーノ！　左を!!」

「分かってる！」

ただこれは、逆に言えば非魔法使い向けの攻撃だ。強固な防御魔法には防がれる。

だから今回は、一撃で敵の魔法兵部隊を戦闘不能にする。とっさには防げない、いわゆる初見殺しの類だ。


「陛下！　……陛下？」

暴発したら、周りの兵士はみんな死ぬと思う。だからそうならないよう、細心の注意を払っている。

「すごっ。なんか発光しはじめたけど」

魔力を熱エネルギーに変換し、それを圧縮。熱エネルギーに変換し、圧縮。何度も何度も何度も、同時進行で繰り返していく。


「なんか太陽みたいで綺麗だね」

熱はすぐに冷める。だから炎の光線《フラマ・ラクス》のときは、常に熱エネルギーを継ぎ足している。だが今回の魔法は、一度手元から離れたらエネルギーの追加はできない。それでも問題ないようにしなければ。

「目立たないと言ったのに……!!　矢弾に警戒！　陛下に射線を通すな！」

あ、敵魔法兵の魔法が見えた。さっきと比べても移動してないらしい。つまりあの辺、魔法使いたちの頭上で結界を解けばいい。

「矢の射程範囲みたい！　そっちも気をつけて!!」

もし咄嗟に、熱を完全に遮断する防壁魔法を使われたら大したダメージは与えられないだろうな
……そうなっても度肝は抜けるように、もう少し溜めるかぁ。

「陛下、合図です！　……陛下？」

うーん、こんなもんかなぁ。いや、もうちょいかなぁ。正直、こんなにエネルギーを圧縮したこ
とないからなぁ。

というかこの魔法、完全に欠陥だらけだな。速度は出せないし貫通力もないし、正確なコントロ
ールもできないし、射程もかなり短い。そもそも、こんなにも溜めの長い魔法、実戦じゃそうそう
使えないだろう。

「周りの兵士さんたち、ひいちゃってるけど大丈夫？」

しかもこれ、魔法っていうよりただ超高温なだけもんなぁ。単純な、エネルギーの暴力。

「陛下！　合図です陛下!!」

ん？　あぁ合図か。じゃあ反撃の狼煙ということで。

——魔法、投射。

「あれ、なんでこんな光ってんの」

——結界、解除。

「落日《カド・ソリス》」

——斯くして大地に陽は落ちる。

誰かの計略、誰かの思惑

ロコート軍との一大決戦は、帝国軍の勝利に終わった。この戦いでロコート軍は、今回徴兵した兵の内、三分の一近い兵力を失ったと見られる。

勝利を決定づけたのは別働隊の到着だ。騎兵に退路を断たれ、側面の丘陵に潜んでいた伏兵の突撃も受けた敵は瓦解した。

大勝だった。また機動力のある騎兵や軽歩兵がほとんど消耗してなかったこともあり、追撃戦でも帝国は戦果を挙げ続けた。

ちなみに、敵の魔法兵部隊は壊滅した。これも合わせて、俺がそれなりに魔法を使えるってことはアピールできたと思う。強い皇帝としてアピールできたはずだ。

ただ、兵士からの視線は……尊敬だけでなく恐怖と半々。いや、七割恐怖みたいな目を向けられている。

まぁ、ちょっと確かに威力高すぎたかもしれないな、とは思う。なんか着弾点の地面、ガラスみたいになってたし。

まぁ、舐められるよりはマシだと思い、今はこれで満足することにする。


追撃戦の話で言うと、ガーフルとの戦争のときとは大きく違うことが一つある。それは追撃されて追いつかれた敵がすぐに降伏してきたことだ。

どうもエタエク伯の名前はこちらにも知れ渡っており、特に騎兵に追いつかれた時点で「もう逃げられない」とすぐに諦める兵が続出した。

こうして捕虜となった兵は、そのまま放置する訳にもいかない。その都度収容して、後方に護送していった結果、追撃部隊の進軍速度は日に日に落ちてしまい、完全に殲滅することはできなかった。

しかしまぁ、かなりのロコート軍を壊滅させたのは事実。何より、ロコート王国に割譲していた旧帝国領は占領済み。これで帝国の負債を一つ消せることになるだろう。


だが順調だったのもそこまでだった。

それについて話し合うため、俺たちは最前線で追撃を行っていたエタエク伯とペテル・パール、会戦終了後すぐに合流して動いていたファビオなども加え、会議を開くことにしたのだった。

今回は途中に無人の村があり、その中で最も大きい建物を借りて会議をしている。

「まずは俺から報告させてもらう」

そう言って、ペテル・パールがその目で見てきた情報を話し始める。

「追撃していた我々は本来の国境、つまりヘアド＝トレ侯領の南端まで到達した」

ペテル・パールは机に広げた地図の国境に指を置くと、境界線に添うように指を動かした。

「だがそこにはいくつもの要塞が立ち並び、それぞれに今回の戦争で初めて見る貴族家の旗が立ち並んでいた」

そう、今回もまた上手く追撃できたのは国境まであり、それ以上は危険と判断した彼らは戻ってきたのだ。

理由は二つ。一つは旧帝国領でないロコート王国領内は、土地勘もなくそれ追撃が危険だということ。

そしてもう一つが、敵の防御がしっかりと固められてしまったということ。

「卿らの意見が聞きたい」

俺が訊ねると、再びペテル・パールが口を開く。

「これはあくまで私見だが、互いを補い合い、援護し合うように展開している。あの要塞群を突破するのはかなり骨が折れるぞ」

「なんでそんな強固な防衛ラインが？」

俺の質問に、素早く反応したのはティモナだった。

「元々、帝国とロコート王国は何度も交戦しており、その都度、ロコート王国は要塞の建設を繰り返してきました……」

話によると、かつては帝国が攻め込んでロコート王国が守る戦いが多かったらしい。そのため、ロコート王国は対帝国用に最前線の都市と都市の間に要塞を建て、強固な防衛ラインを形成していたそうだ。

しかし前回の戦い、つまり第三次アッペラースで帝国は領地を大幅に割譲していたので、この防衛ラインは放置されていると考えられていたのだが、むしろ今までよりも強化されていると。

というか、ティモナが知っているってことは俺の勉強不足か。

「突破するには攻城兵器が必要だな。しかも今まで兵力を温存していた、万全な兵士が籠っている。時間がかかるだろうな」

ゲーナディエッフェの言葉に、ティモナが冷静に状況を説明する。

「対してこちらの兵もそれなりに損害が出ております」

マスケット銃が普及したこの時代、戦争において勝っても負けても損害は出る。特に負傷者については馬鹿にならないレベルでな。

「この状態で連戦は厳しいか？」

「できないことはねぇな」

ふむ、ゲーナディエッフェの言い方的におすすめはしないと。

「俺が考えるつく限りで一番真っ当な案は……要塞か都市の一か所を破ってそのまま敵首都まで前進する、だ」

今度はペテル・パールがそう言った。それに対し、ゲーナディエッフェが反論する。

「おい、一か所じゃ補給は保てねぇだろ」

「あぁ。だから略奪で賄う」

略奪ねぇ。まぁ俺は前世の記憶が邪魔して否定的な感情から入りがちなんだけどさ、それは別として「最初から略奪をあてにして」行動するのはちょっとリスキーな気がするんだよね。

「だがこの兵力で、敵の首都を落とすにはこれが一番マシな案だろう」

「しかし食料を焼かれたら、敵中で飢え死にします」

そう言ったファビオに対し、この意見を言い出したペテル・パールがさらに付け加える。

「飼葉もだ」

飼葉ってのは馬の食料の総称だな。ちなみに、貴族によって騎兵部隊に強い弱いがあるのは、馬の種類や練度の差ももちろんあるが、この飼葉にも秘密があるらしい。これはどこも部外秘にしてるくらいだし。

それこそ、アトゥールル族やエタエク伯にとっては、食料よりも飼葉の方が優先度は高いだろう。

「そもそもロコート王国は騎兵がそれほど多くなく、満足に得られるかも怪しい」

補給度外視で……って提案を言ったペテル・パールが、それに対する懸念を言っている。なぜ自分の案を否定するような……あぁ、そういうことか。


俺は思わず苦笑いを浮かべ諸将にはっきりと伝える。

「余は忌憚なき意見を求める。継戦すべきか、講和を探るべきか。遠慮せずに言ってくれ」

そんな遠まわしに進軍を反対しなくたって、別に聞き入れるんだけどなぁ。

「講和とまでは言わねぇが、攻城戦は反対だな」

「同じく」

ゲーナディエッフェとペテル・パールがそう意見を述べると、ファビオがそこに続く。

「若輩者ですので決定に従います」


「エタエク伯は？」

「特にありません！」

なんか、若い組が遠慮してるけど反論は無さそうだ。

「ならこの現状の戦線でしばらく保持だな」

まぁ、純軍事的にもこの判断になるなら言っていいか。

「では……ティモナ、例の話を」

「承知いたしました」

俺はティモナに、ついさっき届いた情報を彼らにも伝えるよう促す。

政治情勢への配慮で判断が鈍らないように黙っていたが、実は無理してロコート王国の首都まで
いかなくても良さそうなのである。

「ロコート王国より、使者が届きました。講和の提案です」


ロコート王国からの講和の使者……それはこちらとしても非常に都合のいいタイミングで来た。

「それは、随分と諦めが早いな」

ゲーナディエッフェの言う通り、講和をするには少し早く思える。敵は確かに旧帝国領を失陥したが、それでも万全な防衛ラインを敷いており、守る分にはまだまだ継戦可能。

何より、ベニマに派遣している援軍を戻せば、皇帝軍に対し十分に数的有利を作ることも可能。

つまり、ロコート王国にとってはまだ諦めるには早いという状況なのだ。

俺は事前に報告を受けており、裏事情まで知って色々と納得がいったが……ここまでだけ聞くとそう思うよな。

「その条件は？」

ファビオに促され、ティモナは使節が持ってきた講和内容を報告する。

「旧帝国領を陛下に返還なさるとのことです」

「それは……何が狙いなのでしょうか」

すぐにファビオはロコート王国の提案に警戒心を抱く。実際、俺もこの情報だけだったら同じ反応しただろうな。

旧帝国領には、割譲された当時、領主である帝国貴族がいた。彼らはロコート王国の支配に反発し、度々反乱を起こした。今回ロコート王国か宣戦布告してきたのも、反乱と帝国の繋がりを主張してのことだった。

そしてこの旧帝国領を返還する場合、二つの方法がある。一つは帝国領時代に領主だった貴族に領地を返還し、その上で帝国に復帰させる方法。この場合、帝国とその領主の間に不和の種を撒くことができる。

だって、この十五年くらい帝国に支援されず見捨てられてきた貴族だぜ？　そりゃ帝国に良い感情を抱いている訳がない。今回の反乱についても、帝国に事前通達や協力要請が無かった時点で、彼らが帝国に不信感を抱いていることはよく分かる。

そして帝国的にも、この場合は相当面白くない。苦労して戦い、敵を打ち破ったのに、手に入れた土地は功績のあった者ではなく、暴走して帝国を巻き込んだ連中の手に渡るのだから。

実に効果的な嫌がらせだ。こんな分かりやすい火種、俺がロコート王だったら放置はしない。

なのに、敵はあえてそれをしないという。この講和内容なら、勝手に反乱を起こした連中に土地を返すかどうか、功あった者に与えるかどうかは、全て帝国……正確には皇帝の裁量にゆだねられる。反乱を起こした連中に返すにしても、彼らが自ら取り戻したのではなく、俺から恩賞で与えられることになる。これなら、主従関係も再び結び直せるからな。

最初に聞いた時、「あまりにこちらに都合が良すぎる」って俺も思うくらい魅力的な案だ。そしてこういう場合、美味しい話には裏がある。

「実は、余も帝都からここへ向かう直前に密偵より報告を受けたのだが、どうもロコート王国内の派閥争いが絡んでいるらしい」

というか、派閥のない国なんて無いと思った方が良い。そしてどの国も多かれ少なかれ、派閥間での争いはあるのだ。

「ロコート王国の派閥は二つ。対帝国を基本とし、アプラーダ・ベニマとの同盟を堅持する方針の主流派。それに対し、同盟の見直しや対帝国政策の方針転換を主張する反主流派だ」

俺がベニマ分割案とかを提示したとき、食いついていたのは反主流派だな。つまり開戦に至るずっと前からこの対立は存在し、それは今回の開戦にも影響した。

「今回、帝国に対し開戦を決定したのは主流派です。それに対し、反主流派はずっと機会を伺っていたようです」

「というと？」

ゲーナディエッフェに促され、ティモナはこれは不確かな情報なのですが、と前置きした上で話す。

「我々が破った敵主力は主流派。ベニマへの援軍に赴いているのも主流派。一方で、現在前線の諸都市や要塞に入った新手が反主流派」

ガーフル相手の時とそっくりだ。あの時との違いは、この反主流派は上手いこと俺たちを利用して政敵を処分したということだ。

「そして、今回届いた使節も反主流派です」

「つまり、俺たちは上手いこと利用されたと」

ペテル・パールも同じ感想を抱いたようだ。まぁ、俺は別にこれについては不快には思ってないけどね。

「反帝国派を削り親帝国派を増やしたのだ。考え方としては互いに得をした、でいいだろう」

実際、帝国に対して敵愾心を抱かれ続けるよりは友好的な政権が立ってくれた方が良い。だって俺、別にロコート王国を征服する気とかないし。

というか、誰が主導しているか知らないが、この反主流派は相当強《したた》かだ。

俺はもう一つの情報は言わなくていいと、ティモナに合図する。ティモナも分かったようで、それは伏せて報告を続ける。

ちなみにここで伏せさせた情報というのは、主流派の中でも有能だったり必要な人間だったりは全て、ベニマへの援軍へと送られていた可能性が高い、というものだ。そして邪魔な、使えない主流派は俺たちに処分させた。

強かってレベルじゃない。えげつないことをやってくれる。しかも戦前から帝国との戦争に反対の立場を取っていた……今回のロコート軍の敗戦で、その発言力はさらに増すだろう。

ガーフルのステファン・フェルレイもそうだけど、どの国にもきっと、一人はいるんだろうな。こういう油断ならない相手というのかさぁ。

まぁ、でもこの情報はこの場には不要だろう。せっかく合戦に勝利して将兵も喜んでいるのに、水を差すような情報はな。

「ですが、この反主流派の使者は、講和内容について提案を持ってきただけであり、正確には即時の講和は望んでいませんでした」

「どういうことだ？」

困惑する諸将を見て、俺は無理もないなと思った。だって今回、俺が一番この非主流派に「してやられた」と思ったのはここだからな。

「彼らは講和の仲介役に皇王を指名した上で、帝都での講和会議を要求しております」

……ティモナさん、敬称。皇王『陛下』の敬称が抜けてますよ。

「なるほど、そいつは大変そうだな」

ゲーナディエッフェとペテル・パールは、完全に他人事って感じだ。まぁ実際、彼らにはそれほど影響ないだろうけど。

「それは……大丈夫なのですか」

皇王擁護派として動かされたファビオが、ストレートに聞いてくる。

「ダメだろうな」

あの皇王だ。間違いなく目先の利益につられクソみたいなことをしでかす。

「たぶん旧帝国領の返還以外はロコート王国側に有利に働く」

ついでに言えば、元皇太子もこれを好機と見てまた出しゃばるだろう。


まったく、的確に弱点を突かれてしまった。

「面倒だなぁ」

なかなか楽をさせてもらえない。まぁ、国家の存亡のかかった戦争なんだから、当たり前と言えば当たり前なんだろうけど。

「それで講和は結ぶのか？」

俺はペテル・パールの質問に、ため息と共に答える。

「結ぶしかないだろ。これ脅しだぞ」

だって結ばないって言っても、直接皇王のところ行って仲介頼むだろ、こいつら。

「目的だった旧帝国の奪還は叶いそうなんだ。今はそれで満足としよう」

それに、今一番重要なのはアプラーダ攻略の方だ。助攻でこの成果、これ以上望むのは過分だろう。軍勝五分を以て上となし……って言うしね。

気の緩み

そんなこんなでロコート王国側からの提案を受け入れることになり、俺は一度帝都へ戻ることに決めた。

まぁ、このままここにいてもやることないし。

ここにいるよりは帝都にいる方が情報は得やすいからな。特に、アプラーダ攻略の進捗が気になる。

それに、帝都を空けると皇王と元皇太子が、今度は何をやらかすか分からないし。

「改めて、みんなよく戦ってくれた」

俺は諸将を見渡し、さらに続けた。

「戦後、卿らの働きには必ずや報いよう」

んで、問題は誰をこの地に残すかだ。

ロコート王国側から講和しようという提案は受け取ったが、まだ講和が成立した訳ではない。警戒する兵は必要である。

何より、帝国と敵対的な派閥の軍勢は一部、ベニマ王国への援軍に向かっていたのだから、彼らがロコート王国へと戻ってきて再び帝国軍に攻撃してくる可能性は十分にあり得る。


という訳で、強さを信用できる部隊に残ってもらいたい。

「しかし予断は許さぬ状況だ。よって、仮に再度ロコート王国に攻撃されても確実に勝てる部隊を残したい。ゲーナディエッフェ、ゴティロワ族に残ってもらうことは可能だろうか」

「構わねぇ。流石に冬になる前には帰らせてもらうけどな」

そうならないように早めに講和は結びたいな。

「もちろんだ。あとは……ペテル・パール。アトゥールル族は残れるか」

「問題ない」

まぁ、これからも長い付き合いになるからな。皇帝として命令する前に、そもそも可能かどうかを聞くのも悪くはないだろう。

「ではゲーナディエッフェ将軍、ペテル・パール、卿らはここに残れ」

「「はっ」」

「じゃあ私は付いていこうかな、帝都」

そこで声を上げたのは、イルミーノだった。

「陛下と一緒にいたーい」

「あまり陛下を困らせないで頂きたい」

ティモナ、なんかイルミーノ相手には厳しいというか、はっきりと物言うよね。

……というか、イルミーノか。

「いや、悪くない。黙ってれば……ってやつだな」

ゴティロワ族は成人男性でも背が低いのが特徴だ。そしてその特徴が、中央大陸で聖一教を迫害したドワーフの特徴にそっくりだという。

ゴティロワ族が嫌われている理由はそれだけだ。だが民衆にも広まっているから宗教観は馬鹿にできない。

しかし、イルミーノは族長の孫なだけあって帝国人と並べても違和感ないくらいの背丈はある。何せゴティロワ族の族長一族は代々、外部から高身長な一族の血を取り入れてきたからな。

下手するとゴティロワ族としての血の方が薄いんじゃないだろうか。

「ゲーナディエッフェ、連れていっていいか」

「構わねぇ」

ともかく、ゴティロワ族へのイメージ改善の一助になるかもしれない。イルミーノは帝都に連れていってみるだけの価値がある。

「ファビオも来い。ついでに今回得た捕虜もラミテッド侯領で管理してくれ」

「了解しました」

ラミテッド侯領は道中通るからな。それに、ラミテッド軍も十分に戦ってくれた。

「兵は領地で休ませてやってもいいからな」

まぁついでに捕虜の監視と管理も頼むことになるけど。

これまでは講和が成立して捕虜を戻すまでが早かったけど、今回はどうなるか分からないし。


んで、問題は……。


「エタエク伯はここに残るように」

期待に満ちた目でこちらを見ていたエタエク伯に、俺はきっぱりと告げる。

「えっ、何でボクだけ……?」

いや、ゴティロワ族とアトゥールル族も残るだろう。それに、ガーフル相手に暴れた彼女は名前が知られていて、抑止力として戦線に張り付けるにはちょうどいいんだよな。

それに、何よりさ……。

「だってお前、宮中伯とか護衛を置き去りにしてここ来ただろ。宮中伯なんかは今頃、たぶん本気でキレてるぞ」

「……えっ」

宮中伯は結局来なかったけど、途中であきらめて帝都で情報集める方にシフトしたんだろうな。

俺が無事なことは把握してるだろうし。

「しばらく帝都には近づかない方が良いかもしれません。それから、常に剣を手元に置いた方がよろしいかと」

最近ティモナが冗談を言うようになってきた……冗談だよね？

まぁ、そんなこんなで帝都行きのメンバーが決まった訳だが。

この時の選択がターニングポイントになるとは、思いもよらなかった。

＊＊＊

ロコート王国との戦争で勝利を収めた俺たちは、帝都へ帰還すべく街道を進んでいた。

「陛下、あれが帝都？」

こうして帝都に向かうのは初めてらしいイルミーノの声は、どこか楽しげだ。

「そうだ」

ようやく帝都が見えてきた……今回も色々と疲れたな。

「広いね」

ちなみに俺たちは、ロコート王国との前線から、ラミテッド侯領を経由して帰ってきた。つまり帝都の東側から帝都に近づいているのである。

そして帝都の東には、外側の城壁が無い。それも途中まで作りかけた城壁だから、中途半端で結構ダサい。

「あまりいい眺めではないだろう」

「うーうん。そんなことないよ」

まぁ、俺の場合は宰相を思い出すから嫌なんだけど。


……それにしても疲れたな。

「それにしても疲れましたね」

まるで心を読んだかのように、ファビオがそう口にした。

「まぁ、八割くらい今朝の野盗狩りのせいだけどな」

そう。道中の皇帝直轄領を通過した際、現地の代官に頼まれ、元傭兵の野盗を討伐することになったのだ。

「うちの兵、置いてこなければ良かったですね」

ファビオは自領に、ラミテッド侯軍のほとんどを置いてきてしまっていた。捕虜の管理も任せているから、その監視にも兵数は必要なため、ファビオの判断は何もおかしくはない。ただ、まさか野党が出るとは思わなかっただけだ。

「それを言うなら俺もだ。怪我人ばかり連れてきたせいで、俺たちが戦うハメになった」

今回俺は、ロコート王国への備えに皇帝直轄軍のうち半数をゲーナディエッフェに預けてしまっていた。そして連れてきたのは、中でも怪我や病気などで休ませた方が良い兵ばかりだったのだ。そんな満身創痍な部隊だったので、思った以上に野盗相手にも苦戦した。普通に、ロコート軍相手にするよりも疲れたぞ。

「陛下、言葉遣いを……」

「ねー陛下。何であの城壁途中から無いの？」

なのに、ティモナとイルミーノは変わらず元気である。いや、ティモナは平常運転なだけか。その元気、少しは分けてもらいたい。

というか、帝都が目と鼻の先にあるようなところで野盗が出没するとか、治安どうなってるんだ？　今帝都に詰めてるマルドルサ侯かアーンダル侯の軍動かして巡回とかしてもらおうかな。

そんなことを考えていると、伝令がティモナに何かを報告している。

「ところで、イルミーノ嬢はなんで陛下に結婚迫ってるんだ？」

……さっきまで疲れたとか言ってたのに……お前さては元気だろ、ファビオ。俺は後ろで繰り広げられる会話に、げんなりする。

なんてこと聞いてやがる。というか、そういう話は本人のいないところでやってくれ。

「うん？　だって陛下、初めて会った時私に見向きもしないし、二度目に会っても全然気が付かないんだもん」

いやそれバレてるんかい。それだけ聞くとまるで俺が失礼な……いや、失礼な人間だったわ。


「それでなぜ？」

「だって私に興味を抱かない男の人、初めてだったから」

うわぁ、素で自分がモテるって言ってるよこの人。まぁ実際、部族内ではモテまくってたみたいだからな。帝国人からしてみても顔は悪くないと思う。

まぁ、中身がアレらしいけど。確かに戦闘中、敵兵を殺すときとか無表情で、まるで流れ作業のように敵を屠っていた。

「だから興味が湧いたと？」

「獲物を追いかけてるときって楽しいよね」

それ本当に好意か？　狩猟民族め……。


そんなどうでもいい雑談をしていると、伝令から報告を受けていたティモナが近づいてくる。

「陛下、帝都の市街地で民衆が出迎えようと街道沿いに集まっているようです。如何いたしますか」

まぁそうか。いちおう凱旋だもんな。

「蹴散らす訳にもいかないだろう。それに、兵たちも良く戦ってくれたしな」

帝都入ったら真面目な皇帝モードに切り替えないとなぁ。

「重傷の兵たちは別の門から入り、まっすぐ治療に向かえ。歓声も大きすぎると傷に響く」

しかしまぁ、比較的軽傷の兵は一緒に凱旋するかぁ。自分たちが命を懸けて守った相手からの歓声は、兵士たちもきっと嬉しいだろう。


「ま、彼らの目当ては陛下ですけどね」

そういえば、最近ファビオの口調も昔みたいに軽くなってきたな。……いや、どっちかというと、ティモナが丸くなってきたのか。

「そりゃ勝ってるうちはな」

いちおう、俺の戦績は今のところ無敗だし。

「それもありますけど……ほら、陛下前回はいつの間にか宮廷にいましたから」

あぁ、確かに。夜のうちにこっそり帰ってきていたからな。そうか、二回分の凱旋か。

「陛下、もう間もなく帝都です」

はーい。じゃあ、切り替えて堂々とした皇帝演じますか。

「分かった……皆の者、民が英雄たちの帰還を待っている！　隊列を乱すでないぞ」

エピローグ

その日、帝都は熱狂に包まれていた。

「ついに皇帝はァ切り札を使ったなァ」

街道に押し寄せた民衆に、皇帝カーマインは手を振りながら応えていく。ガーフル相手、そしてロコート王国相手と立て続けに勝利を収める皇帝に、民衆は歓声を上げていた。

「皇帝の血筋ならおかしくないとはァ思っていたがァ、やはり強力な魔法を使うなァ」

そんな街道を見下ろせる邸宅の二階、本来は平民が住む集合住宅の窓から、この男は標的を眺めていた。

「だが魔法が使えると分かっていればァ対策も容易いなァ」

男は貴族である。本来はこのような場所は決して訪れない……理由が無ければ。逆に言えば、理由があれば平民のフリをすることだって厭わないのである。

その時、部屋の扉が開き二人の男が入ってきた。一人は壮年の傭兵、もう一人はまだ若い冒険者である。

「どうだったァ」

貴族が問いかけると、傭兵の男が答える。

「数分と持たずに野盗は全滅だ。魔法を使わせると厳しいだろう」

この男はどうやら、わざと野盗化した元傭兵を誘導し、皇帝軍を襲わせたようだ。

そんな傭兵の言葉を聞き、貴族の男はフン、と鼻で笑う。

「ならァ魔法を使えなくすればいいだけだなァ」

「具体的にはどうするんだ」

今度は冒険者の男が腕を組みながらそう言った。かつて甘いマスクで冒険者の中でも人気だった男は、ある事件をきっかけに失脚し、北方大陸には居場所を無くしていたのだった。

その事件の原因を皇帝カーマインのせいにしたこの青年は、逸る気持ちを抑えきれない様子だった。


その貴族に対するとは思えない平民の態度に不快感を抱きながら、貴族は答える。

「魔法が使えないとこで殺《や》りゃァいい」

「だがあの剣があるんだろう。悪名高き、儀礼剣だ」

冒険者の青年がそう言うと、傭兵の男ははっきりと否定する。

「いや、あれは偽物だ。我らが主は直接見て確かめた」

儀礼剣……六代皇帝が常備した剣の真贋は、見たことのない貴族の男には分からない。

だがこの傭兵の主人にはそれが分かるという。

貴族の男は、口にはしないものの、この主人の正体に目星を付けようとする。可能性としてあり得るのは儀礼剣を管理する西方派の人間か……もしくは六代皇帝に儀礼剣で支配され、今も生き残っている人間だ。

〈チっ、これ以上は絞れねぇなァ〉

貴族の男はそれ以上考えるのを諦めた。利用されている気配はするものの、今はそこまでたどり着けないと感じたからだ。

〈いつかそいつも殺してやらァ〉


そんな貴族の男の考えを他所に、あとの二人は会話を続けていた。

「馬鹿な、あの剣無しであんなカリスマなんて」

冒険者の青年は爪を噛みながら、民衆に手を振る皇帝を窓越しに睨め付ける。

「だから殺しておく必要があるんだろ、ティセリウス殿」

皇帝と面識のない傭兵はそう言い放つ。彼には二人と異なり、皇帝を殺す個人的な理由は無い。

ただ、己の主がそう望まれた。だからこうして暗殺計画に参加しているのである。

「騙しやがって……コケにしやがって……お前のせいで僕は……僕は……」

ぶつぶつと呟き始めた冒険者を冷めた目で見ながら、貴族の男は出かけた舌打ちを何とか抑えた。

この冒険者は自身の過ちを受け入れられず、それを皇帝に責任転換させることで辛うじて精神の安定を図っている。故にこうして発作のようなものを起こす。

だがこの冒険者がどれほど馬鹿で、失脚したのも自業自得だとしても、彼にしかできない仕事があるからこそ、男は渋々彼を迎え入れたのだ。

「計画はこっちで立てるからなァ。お前は当日、空を抑えるだけだァ……分かってんなァ竜騎士《ドラグーン》」

すると冒険者の男は、今度は貴族の男を鋭く睨み付けた。

「僕を誰だと思っている。A級冒険者の『青き竜騎士』だぞ」

貴族の男は、それに対して心の中で吐き捨てた。

〈元だろうがァ〉


「こちらは予定通り、密偵長を相手にすればいいな？」

自身の仕事内容について確認をとる傭兵は、冒険者に比べるとまるで冷静なように見える。

「そうだァ。あの男が最大の障壁になるからなァ。できんだなァ？」

「元よりこの命は本件で捨てることになっている。命を懸けた時間稼ぎをお見せしよう」

ただ、その傭兵の目には輝きが無い。まるで、任務を遂行する機械のようだった。

三者三様、仲間意識など一切存在しないこの集団は、しかし互いの目的だけは一致していた。

「なら構わねェ……準備整うまで待機だァ。それまでヘマするんじゃねぇぞ」

皇帝カーマインを殺す。その共通認識だけで十分であった。

＊＊＊

二人が再び部屋から出ていき、貴族の男は一人になった。

そして、彼は皇帝を殺すための考えを巡らせる。

「魔法は念を入れて二重で封じてやらァ。あとは剣の達人を三十くらいかァ」

男は想像する。自身の策略で追い込まれる皇帝を。

「愛着のある女とかァ、自分のメンツがかかった皇王とかァ、守るもんが多すぎると大変だよなァ」

皇王亡命の報告を聞いた時、男は今がチャンスだと確信した。妃たちの護衛と皇王らの護衛。どちらも捨てられない皇帝は間違いなく戦力を分散させる。

そのうえ、そもそも今の近衛は人数が少ない。しかもつい先日の戦いで、最前線で戦った近衛隊には死傷者が出ている。


絶好の機会、としか言いようがなかった。

「分かるぜェ。これは油断じゃねェ。お前はまともだからなァ、まともな判断するよなァ」

皇帝が自分を警戒していること、それはこの男も当然理解している。だが同時に、皇帝はまともな思考回路をしていた。

「功を立てたァ。報酬も求めたァ。だから論功行賞で確定するまで普通は大人しくするよなァ。今殺ってもその後ワルンやチャムノと戦わなくちゃいけねぇもんなァ！」

そう、それは至極当然の考えだ。今反乱を起こして自分が生き残れる確率と、もっと力を蓄えてから反乱を起こして生き残れる確率。両者を天秤に傾ければ、普通は後者に傾くはずだった。


「だが当たり前じゃァ、テメェのことを上回れねェ」

皇帝は、この男を警戒していた。それはつまりこの男の実力を、高く評価していたということだ。

だがそれ以上に、この男は皇帝のことを評価していたのだ。


「テメェを殺すにはァ、理外の一手しかねェ」

男は思ったのだ。普通に戦えば自分はこの皇帝に勝てないと。どれほど長い年月をかけ力を蓄えようと、皇帝に反旗を翻し勝つことは不可能だと。このままでは自分は、永遠に皇帝の下であり続けると。

だから男は、皇帝暗殺という大博打に全てを賭けることにした。

「そうでもしなきゃァ、俺はテメェを超えられねぇからよォ」

皇帝を殺して、その後に敵討ちに燃えるワルン公やチャムノ伯の軍勢と戦う。それに勝利し成り上がれる可能性は、千回に一回程度だと男は考えている。

「悪ィなァ。俺はどうしても諦められねェからよォ」

それでもこのまま力を蓄え続け、機を待つより可能性が高いと判断した。

「親父も兄貴も、死ぬときは良ィ顔してたァ。歪んだ表情が最高だったァ」

男は父と兄をその手で殺した。宰相と式部卿をその手で殺めた皇帝のように。

「皇帝はどんな顔すんのかなァ」

しかしその在り様は正反対。皇帝はその時、何も感じなかった。この男はその時、快感を得た。

故に、彼らが分かり合うことは無い。

窓の外では、凱旋する兵の行列がまだ続いていた。皇帝の姿はもう見えないが、それでも隊列はずっと続いている。

民衆は勝利を続ける皇帝に酔っていた。誰もが、この不敗神話も続くと信じていた。

「それをぶち壊すってのはァ、最高に気持ち良さそうだなァ」

アンセルム・ル・ヴァン＝ドズランは、今は静かに嗤っていた。

書き下ろし
番外編

プレイヤーではなく
キングとして

その日、シャルル・ド・アキカールは一人で、皇帝の私室に呼び出されていた。

「お呼びとのことで、参上いたしました」

片膝をつき、顔を伏せるうちにシャルルは自分の感情をコントロールする。

「おう、そんなとこで傅いてないで座れ……護衛ご苦労、近衛は外で待機しろ」

皇帝の言葉に従い、そのまま席につく。すると皇帝の側仕人から紅茶が出された。

「ありがとうございます。いただきます」

一口、口をつけた。そしてシャルルは、すぐに気が付いた。その茶葉が、自身が宮廷内で軟禁下にある時、妻がよく差し入れてくれたものであると。

(監視しているぞ、というメッセージか？)


シャルル・ド・アキカールは、父親の件で皇帝カーマインを恨んではいなかった。むしろそれについては、称賛したいくらいだった。

ただ、だからといってカーマインに心酔している訳でもなかった。

「損な役割をさせてすまなかったな。陰ではいろいろと煩かっただろう」

シャルルの中で、皇帝カーマインに対する感情の大部分は「警戒」である。自分の存在が、カーマインにとって都合の悪いものであると理解しているシャルルにとって、カーマインは恐ろしい存在……常に注意を払わなければいけない存在であった。

カーマインが「やはり後顧《こうこ》の憂いは断つべき」と言えば、自分はすぐにでも殺されるだろう。それくらい、皇族である自分の存在はカーマインにとって邪魔なはずだった。

「いえ、お役に立てたのであれば幸いです」

故に、その心中にカーマインに対する忠誠心などは一切なかった。そしてそのことは、彼の側仕人には見抜かれているとシャルルは感じた。正面に座る皇帝の斜め後ろ、執事として控えるティモナ・ル・ナンの視線は、鋭くシャルルを射抜いていたからだ。

「そんな中で悪いんだが……次の仕事を頼みたい」

皇帝の言葉に、シャルルは頷くしかなかった。今の自分が生き残るには、妻たちを守るためには、この皇帝の歓心《かんしん》を買い続けなければいけない。そのためなら、道化にもなる覚悟だった。

「色々と複雑だから本音で話そう。皇王一行の受け入れが決まった今、それに強く反対していた卿の存在は、意思統一を図るという意味では邪魔になるだろう」

皇帝の話し方、そして雰囲気。それが普段とは異なることを、シャルル・ド・アキカールは理解している。だからと言って、今の皇帝が本音を話しているとは微塵も思っていなかった。

この皇帝は、宰相や式部卿をその仮面で欺《演技》いた。だがそれからも、皇帝カーマインは無数の顔を使い分ける。民衆の前、重用する家臣の前、冷遇している貴族の前、兵士の前、商人の前、外国からの使節の前……その全てで、その場ごとの違った立ち居振る舞いをする。

ならばもう本当の皇帝カーマインがどれか、本心がどこにあるかなど、探ろうとするだけ無駄である。

「そこで次の仕事なんだが……皇国へ行ってもらいたい」

皇帝カーマインの言葉に、シャルル・ド・アキカールは素速く頭を回転させる。

「皇国ですか？」

あまりにきな臭い話だった。その血筋から、皇帝はシャルルのことを警戒しているはずだ。たとえ重用するにしても、常に手元に置いて監視下に置きたいはず。それが、皇国へ行けと言う。これが自分に対する計略だと、警戒しない方が難しい。


そんなシャルルの内心を他所に、皇帝は説明を始めた。

「表向きには……卿から願い出て、余がそれを渋り、諸侯の賛同を受け仕方なく許可を出した……という体裁にしよう。代わりに疑り深い余は、卿の家族を人質代わりに宮中に留め置く」

家族、という言葉にシャルルは思わず動揺する。

「あとはそうだな……法務卿の職務を一旦停止だな。取り上げない代わりに休職扱いだ」

「お、お待ちください」

その動揺を隠すのは難しかった。政略結婚で妻を娶《めと》る大多数の貴族とは違い、シャルルは妻とは恋愛結婚であり、さらに彼女は貴族では無かった。そんな彼女の立場は弱い……宮廷において、ロウソクの火のように儚《はかな》い命だ。

「まぁ落ち着け、表の話はまとめてしてしまおう。卿の役割は、外交官として皇国に提案をすることだ。皇王ヘルムート二世の皇王復帰と、元皇太子ニコライ・エアハルトの皇太子復帰。ついでに一行が帝都で乱発した官職や与えた確約の履行も求めろ」

無茶苦茶な命令だと、シャルルは思った。このような挑発をしに行くなど、その場で怒り狂った廷臣《ていしん》に斬り殺されてもおかしくはない。

「それは……命がけの任務になりましょう」

「普通の人間ならな。そして皇帝が、そんな殺されてもおかしくない役割に卿を据えたのは、卿を処分するためだ……と考えるだろう。卿はその裏で、自身が亡命するための根回しをしつつ、各派閥との関係を強化する。そして帝国の苦境を喧伝する。ただし、帝国の監視役にバレないように、時間をかけて少しずつだ。あと、それよりも先に新皇王の擁立を急がせるべきだな」

シャルルはその命令の意味を理解するのに、少し時間がかかった。

「何をおっしゃって……」

「お前は余の対抗馬のように振る舞え……それが裏の設定だ」

シャルルはそこで、自分がここまでの数日間、強固に反皇王派を主張するよう命令された理由に気が付いた。自分はその時から、皇国へ向かわされる運命だったのだ。

「裏の……設定？」

シャルルは、ただ静かに過ごしたかった。愛する妻と穏やかな生活をしたかった。

そのためならばと、一時的な軟禁生活を受け入れた。弱い身分である妻を守るために、ある程度の発言力を欲した。

「卿が帝国でどのような立場で、どのような意見を持ち、どのような経緯で皇国に行くことになるか。それを知っている皇国なら、この裏の設定を疑わないだろう。各派閥が対帝国の切り札として卿のことを求めるだろう。上手いこと転がして時間を稼げ」

だがその結果、与えられた任務は皇国への工作員。それも、妻とは離れ離れになる。

「時間稼ぎ……」

つまりこの任務は、きっと長期間にわたる。

安寧な生活のために、カーマインに疑われないよう従順に過ごしてきたシャルルだが、彼は別にカーマインに対する忠誠心などない。

「そうだ。こちらから使者を送り揺さぶってはみたが、それでも皇国に対する確実な時間稼ぎとは言えない。帝国に対する脅威論が派閥間の対立を一時休戦とさせてしまうかもしれない。そうならないよう、時間を稼いでくれ」

シャルルの心には、遠い昔に仕舞い込んだ価値観がある。そこから一つの感情が湧き上がりそうになっていた。それは、決して誰にも悟られてはいけない感情……シャルルはそれを、必死に抑えつける。

「卿は余に子が生まれない限り次期皇帝候補の筆頭だ。帝国において、血筋で唯一対抗馬になり得る存在だ。皇帝にとって、皇国に寝返られたり、亡命されたりしたら非常に厄介な存在だ」

シャルル・ド・アキカールと皇帝との関係性は、常に緊張を含んだものである。だからこそ、皇国はシャルルに対する警戒が甘くなる。上手くいけば、皇国は内側から帝国の思惑通りコントロールされるだろう。

「だから、あえて送り込むと？」

成功すれば、神算鬼謀《しんさんきぼう》の類だ。

「安心しろ、そう信じ込ませるために色々と芝居を打ったんだ。間違いなく、亡命者の一行に密偵が交じっている。その者が卿の境遇も全て話してくれるであろう」

ただし、それはシャルルが指示通りに動けばの話である。


シャルルは、その考えを悟られぬよう、話を続ける。

「それは……密偵が既に見つけているので？」

「いいや。怪しまれぬよう、最低限の探りしか入れずに、あとは放置しているそうだ……シャルルよ。卿はアイツらが自力で幽閉先から脱走して帝都まで逃げ込めるような連中に見えるか？」

皇王……その存在は、そしてその振る舞いは、シャルルが隠してきた本音を酷く刺激した。それはこの数日、シャルルにとってストレスの素だった。

自然だ」

「それは……見えませんが」

「確実に協力者がいる。そして余がその協力者なら、一行の中に密偵を潜ませる……確実にな。あと、そもそもの話だが、妾の数が多すぎる。金もなく、若さもなく、顔も良くないし、再び皇王としての暮らしが戻ってくるかは不透明。そんなヤツに、あんな数の妾が付いてくるのはあまりに不自然だ」

幸いにも、カーマインの注意はシャルルの方に向いてはいなかった。

「とはいえ、騙すために万全は尽くす。卿の妻らを置いていかせるのも、実際に人質としてではなく、その方がより真実味が増すからな。だから命の安全は保障する」

シャルルは鼻で笑いそうになった。シャルルの妻は元々貴族でなく平民である。そして魔法使いでもなく、さらに女性だ。

そんな弱い立場の人間が人質にされるのだ。ましてや自分は、帝国に対し敵対的な動きをわざとするよう命令されている。人質の命を保障するなどと言われても、簡単に信用できるはずがなかった。

「余は卿を評価している。だから細かいところは卿に任せる。卿の判断で、帝国のために時間を稼げ」

下々のことを少しも考えないような、無茶な命令。ずっと抑えてきた嫌悪感が、再び湧き上がる。

＊＊＊

シャルル・ド・アキカールは、アキカール公フィリップの三男として生まれた。だが、生まれてすぐから病気がちだった彼は、八歳になるまで家族と会ったことは無く、使用人に囲まれて過ごしていた。

彼らは優しく、温かかった。シャルルにとって、彼らこそが本当の家族だった。


一方でその頃、彼は何度も同じような夢を見た。特に熱を出して寝込むとき、彼は摩訶不思議《まかふしぎ》な……そして妙に懐かしい夢を見るのだった。


そこは夜でも明るく、昼は息の詰まるほどたくさんの人々が行きかう世界。

彼らは不思議な、小さな板を持ち歩き、時々耳に当てたりする。

その横を通過していく、天井の低い馬車たちは、曳《ひ》いている馬が見えないのになぜか進んだり止まったりする。

その世界に溢れる、知らない言葉と文字……だが不思議と、シャルルにはその意味が理解できた。

そんな不思議な世界を、一人の男が生きている夢だった。特別でもない、まるで日常のような夢。

シャルルは、その夢が大好きだった。特に人々が、赤い光を見ると止まって、青い光を見ると歩き出すところ。その世界に溢れた秩序が、見ていて心地良かった。

そしてこの世界では、差別は悪とされ、平等が理想とされていた。シャルルは思った、貴族のいないこの夢の世界でなら、きっと自分の家族たち《使用人》はもっと遠慮なく接してくれるだろうと。

幼い頃のシャルルは、純粋であるが故に、その世界に憧れを抱いていた。

……身分差を悪として、全ての人間が平等であると考える……誰かに教えられた訳でもないのに、なぜか最初からあった価値基準。

シャルルはそれを「前世の物」と割り切れなかった。なぜなら彼は、その夢の話が前世の記憶だと理解できなかったからだ。引き継がれた記憶が少なすぎて、シャルルの中でそれは前世ではなく、不思議な夢として処理されてしまった。


やがて、実の家族と会う日がやってきた。その日は朝から、まるで他人になってしまったかのように、家族たち《使用人》が冷たかった。

「これからはもう以前のように接してはいけません」

視界の端で、同年代の侍女見習い《初恋の相手》がそう叱られていた。

シャルルが寂しい気持ちになっていると、ついに実の父と対面する時間がやってきた。

アキカール大公と呼ばれた実父《フィリップ》は、自身の三男《シャルル》を一目見て、こう言った。

「まだ礼儀を教えていないのか」

シャルルは、その目に恐怖を覚えた。自分を見下《みお》ろすその眼差しは……いや、見下《みくだ》すその目には、一切の情が存在しなかった。

男は冷徹に自分の息子の器量を推し量ると、近くの使用人に吐き捨てるように言った。

「もう少し使える駒に育てろ」

シャルルは別に、実の父親に憧れを抱いていた訳ではない。だから、悲しいとは思わなかった。恐れの次に湧き上がったのは、実父に対する拒絶反応だ。

温かかった世界を終わらせた部外者への猛烈な嫌悪と、そして自分を駒としか見ない男に対する強い反抗心だった。

それからシャルルは、この世界の常識を叩き込まれた。学び、成長する中で自身の感性が異端だということに気が付いた。

身分差があるのは当たり前。自由がないのも当たり前。貴族が支配するのも当たり前。

そんな貴族の在り方は間違っていて、人は皆平等でなくてはならないという信条。それがシャルルの本音であった。

既に確立されてしまったそれは、どれほど世界の常識を学ぼうが、上書きすることはできなかった。

だからシャルルは、その本心を覆い隠した。彼は愚かではなかったから、その考えを他人に押し付けることはしなかった。やがて大人になれば、本音を取り繕うことなど簡単になっていった。

使用人を酷使し平民を人とは見なさない貴族の在り方への嫌悪も、自分以外の全てを駒としてまるで盤外の神《指し手》のように振る舞う実父への反抗心も、民の支配する専制君主というシステムへの反感も。シャルルはずっと本音を隠し続けた。

さすがに生涯の伴侶だけは己の価値観で選んだが、それ以外はずっと大人しくしていた。

特に、いつまでも自分のことを駒としか見ない実父に対しては、殺意すら湧き上がりそうになるのをずっと隠してきた。

だからシャルルは、即位の儀で父親が討たれたと聞き、心の底から「ざまぁみろ」と思ったのだ。

＊＊＊

シャルルは自分が間違っていると理解している。だから貴族として振る舞うし、貴族社会の中に身を置く。ただ、それに対する抵抗感だけは拭えない。

だから自分に相談しに来た貴族に「宮刑」を勧めても、肉体関係でしかない愛人のモノが無くなった元摂政がどんな反応をするか予想できても、シャルルは罪悪感など無かった。

そんなシャルルは別に、カーマインという人間が嫌いな訳ではない。ただ、父と同じように、自分は安全なところから《指し手として》駒を動かす皇帝という制度が嫌いだった。

「そして最後、順序がおかしくなったが、これが最優先の任務だ……さっさと別の人間を皇王に即位させること」

シャルルは、無茶な命令だと思った。確かに、この作戦が途中で露呈して、自分が皇国で処刑されたとしても、皇帝に被害はさほどない。

シャルルは冷め切った感情が悟られぬよう、戸惑うフリをした。

「よろしいのですか……派閥争いを長引かせろという命令に矛盾しているようにも感じますが」

妻の命が握られる以上、シャルルはこの任務を成し遂げねばならない。だから裏切ろうとか、逃げようと考えている訳ではない。

ただの失望だった。シャルルは言葉の端々から、そして些細なニュアンスから、皇帝が自分を未だに駒と見なしていることに気が付いてしまったのだ。

かつて、即位の儀の直後であれば分かる。自分はまだ限りなく敵に近い存在だった。そこで自分が謀略の駒として生かされるのは自然なことである。

だがこうして、仮にも味方として迎え入れられ、それでも尚、駒のように扱われる。温かみのない、冷徹な感性……それがシャルルには、実父と重なって見えたのだ。

そこで、皇帝の側仕人によって茶器が取り換えられる。

シャルルはこの側仕人とは違い、皇帝に対する忠誠心では動いていない。それでも、皇帝が自ら戦場に赴いていると聞き、少しだけ期待したのだ。

簡単に言えば今、シャルル・ド・アキカールはやる気を無くしていた。


淹れ直された紅茶が出され、シャルルは再び口をつける。

「皇王というのは、駒として大きすぎる。実際、今の宮廷では持て余している」

やはり、駒か。そう思いながら一口だけ飲むと、シャルルは再びカップを置こうとした。

「駒として皇帝と皇王は同格だ」

シャルルのカップが音を立てて置かれる。だがその動揺に、皇帝は気付かなかった。

「年齢の差からして若干、余の方が下手に出なければいけないくらいだ。余が皇王を同格に扱ったところで、それは『当たり前』のことでしかない」

それは一瞬だけ出てきた言葉だった。強調される訳でもなく流れていったその言葉は、故にカーマインの取り繕っていない本心……無意識に出てきた本音に他ならない。

「だが元皇王となれば話は変わる。皇帝が同格として扱えばそれは『配慮』となる。それだけで、選択肢がこちらに生まれ制御しやすくなる」

尚も話を続ける皇帝。それを聞きながら、シャルル・ド・アキカールは先ほどの皇帝の言葉を心の中で反芻していた。

——駒として皇帝と皇王は同格だ。

カーマインは先ほど、たしかにこう言った。皇帝であるカーマインが、自分自身も駒としてカウントしていたのだ。まるで、それが当然であるかのように。

「何より、正当ではない継承は……」

シャルル・ド・アキカールの中で何かがハマった。

彼は、家族すら駒として見ていた実父に強い抵抗と拒絶を感じていた。故に、配下を駒として扱う皇帝にも、失望を抱きつつあった。

それが支配者として正しいことなのは、シャルルにも分かっていた。

だがしかし、それが貴族の秩序において正しいことだとしても……無意識に前世の価値観を引きずるこの男には、抵抗感があった。

だがたった一言、カーマインも意識していないその一言が、シャルル・ド・アキカールの考えを大きく変えた。

あの男《フィリップ》は、盤の外から自分を見下《みくだ》していた。駒の指し手として、盤上の駒《自分たち》を動かす。まるで神にでもなったかのように、使い捨てとばかりに切り捨てる。

だが、自分が指し手だと思っていたから、盤外の存在だと思っていたから、自分のいる場所が安全だと信じていた。だからあの男は油断し、同じく盤外《皇帝》の存在に殺された……そう思っていた。


だが、違ったのだ。カーマインはずっと盤上にいたのだ。

生まれた時から傀儡の皇帝として生きてきた彼は、自分のことを指し手だと思ったことは一度もないのだろう。皇帝という至高の座にいながら、その場所が安全だとは思っていない。

皇帝カーマインは、他者を駒と見なす。ただし、自分自身も駒として扱う。だから、玉座から他者を見下《みお》ろすことはあっても、見下《みくだ》すことはない。


（理解した）

シャルルははっきりと自覚した。自分が父親に対して抱いていた嫌悪感は「自分のことを駒として扱ったから」ではなく、自分のことを見下していたからだったのだ。それは自分と同等ではない、下等の存在として見られたことへの反発だった。

では皇帝はどうだ。彼は自分を見下しているだろうか。使用人だった妻を見下すだろうか。

答えはきっと否だ。そのことに、シャルルはようやく気が付いた。

（納得した）

長い間、ひた隠してきた故に、自分の中でも整理できていなかった感情の正体。それにようやくシャルルは気が付いたのだった。

「正当な継承を経ていない皇王から、正当性だけはある元皇王の下へ皇位を奪還する……その場合は、ヘルムート二世は帝国軍の制御下で動かせる」

シャルルはもう一度、顔を上げた。もうカーマインは、実父と重なっては見えなかった。

「なるほど……それは理解しましたが……派閥争いの方は？」

「勿論、焚きつけ続けろ」

先程まで動揺していたフリをしていたシャルルは、打って変わって素早くカーマインの言葉に反応する。

「三人の候補者以外の人間を暫定の皇王にしろということですね？」

「そうだ。これなら派閥争いは続く……皇王争いではなく、皇太子争いに戻るんだ」

「しかし、継承権のある手頃な人物など……」

これはシャルル本人も気付いていないことだが、先ほどまでは生き残るために遂行しようとしていた任務が、今は皇帝カーマインのために、にすり替わっていた。

「継承権のある手頃なのは、いないいな」

そしてやる気の出たシャルルは、カーマインの言葉から何を指しているのかすぐに感づいた。

「まさか、女皇王ですか？　そのようなこと……」

シャルルは口では否定しつつも、荒唐無稽な話ではないなと思った。

臨時の皇王にはどの貴族も権力を握らせたくないはず。女性の権利が極めて制限されている皇国でなら、女皇王が生まれても与えられる権力は小さいだろう。むしろ、各派閥をまとめて説得しやすいかもしれない。

「前例はない。だが、皇王の亡命という前例のないことが既に起きている。特例の存在を作り、皇王という存在の権威と正当性を内側から崩す。それが卿にやってもらいたい仕事だ」


高揚感がシャルルを支配していた。あるいはそれは、目の前にいる人物への、尊敬の念かもしれない。

「陛下は」

シャルルの声は掠れていた。そこで彼は一呼吸置くと、改めてカーマインに訊ねる。

「陛下は某が、任務を遂行しているように見せて、本当に皇国に与するとは考えないのですか。そうなってもご自身の座は安泰だとお考えで？」

シャルルがそう尋ねると、カーマインは驚くこともなく、むしろ小さく微笑みながら答えた。

「安泰ではないだろう。卿が余の敵となれば、かなり苦戦すると思っている。それでも、上手くいけば一番時間が稼げる策だと思った。ただそれだけだ」

シャルルは、皇帝カーマインの反応をつぶさに見ていた。そして、これは本物だと思った。それはカーマインの言葉によってではない。

カーマインは、シャルルに「自分が裏切る心配はしていないのか」と聞かれ、怒ることも、疑うことも、戸惑うこともなかった。きっとカーマインは本当に、自分の中で何度も裏切られる可能性を考慮したのだ。

そしてその上で、もしそうなったら仕方ないと諦めたのだ。

「それに、卿を生かしたかった。卿は優秀で、皇王に利用されないために反皇王の立場を取った。だがその皇王を余が利用する以上、余は皇王に賛同し、卿はそれに反対することになる。その状態が続けば、余はいつかお前を殺さなくてはいけなくなってしまう。……それは互いに望むことではないだろう。だから少しの間、お前を遠ざけようと思ってな」

シャルル・ド・アキカールは、予想以上に自分が高く評価されていることに驚いた。流石にそこまで評価されていることには違和感を覚えた。

「陛下は、某を殺したくないと？」

「あぁ。お前は帝国に必要な人材だ。できれば生かしたい……しかしまぁ、仮に卿が皇国に与するならば」

それからカーマインは、いたずらっぽく笑っていた。

「卿の家族はしっかりとそちらに送り届けよう」

「は……？」

普通に考えれば、シャルルが裏切ったのなら、その妻は処刑されてしかるべきだ。その処遇は、あまりにシャルルに対して甘すぎる。普通に考えれば冗談だろう。

「それから、余とお前で帝位を巡って戦争だ。無論、余は負けるつもりは無いが……もし卿が勝ったなら、帝国を頼む」

シャルルはこの時、カーマインの考えを理解した。カーマインは自分のことを高く評価しているだけではない。もし自分に何かあった時のバックアップとして見ている。

「陛下は、この国のためなら、ご自身の命を落とすことになっても、構わないと」

「無論だ」

それはカーマイン本人が、嘘だと思って口にした言葉だった。

だがこの瞬間、シャルルはカーマイン以上にカーマインの考えを理解した。

（ご自身が皇帝では無くなった場合を、常に考慮に入れておられる）

実際のところ、カーマインは死にそうになったら、皇帝という役割を放棄して逃げようと思っている。命ある限り全力で魔法を使って、どこか遠いところに逃げようと。

だがそうなっても帝国が続くよう、彼はシャルル・ド・アキカールを生かしていた。その時、彼がちゃんと皇帝を引き継いでくれるよう、帝国に悪感情を抱かないよう、本当にその家族は丁重に送るつもりだった。

自分が皇帝でいると帝国が衰退してしまうというのであれば、さっさとその座を他人に明け渡して逃亡生活に入ろう。皇帝すら代替可能な存在だと、カーマインは本気でそう思っていた。

あとがき

この度は『転生したら皇帝でした～生まれながらの皇帝はこの先生き残れるか～』七巻を御手に取っていただき、誠にありがとうございます。
いつの間にか年が明けているという事実が認められない魔石の硬さです。こっそり左下の日付変えてしまおうか……怒られそうだからやりませんけど。

七巻も皇帝はあっちへ行ったりこっちへ行ったりです。この主人公、強がっていますけど実は前世の感性のままなので、宮廷内の荘厳な内装とかに嫌気が差してます。よく宮廷の外に出ているのはそういう理由もあったりします。
生まれながらの皇帝のクセに、「この茶葉、高いんだよな……」とか「今日の夕食、材料費だけでいくらだろ……」とか考えてしまう人間ですからね。ただ、口にはしないタイプです。ケチな人間とは思われないよう頑張ってます。

そんな好みも周知の事実となりつつあり、近頃は貴族や商人からの献上品もシンプルなものが増えてきました。しかし本人は少年時代（というか傀儡時代）からの癖で、目録にだけ目を通して右から左へ流してしまうので、管理は宮中の侍女や官僚に丸投げされています。

なので「この調度品、俺の好みに合わせるために新調したのか……もったいない」じゃないよ、それ君が貰った献上品や……というすれ違いが頻繁に起きています。

以上、主人公視点では書けない（でもＳＳにするほどのことじゃない）裏設定でした。


七巻もイラストを担当してくださったのは柴乃櫂人様です。毎度素晴らしいものをありがとうございます。色々と我儘言ってすみません。ほんっとうにありがとうございます。

そしてＴＯブックスの皆さま、毎度ご迷惑をおかけしております。今回も本当にありがとうございました。これからも、何卒よろしくお願いします。

最後に、この本を御手に取ってくださった皆様に改めまして、心からの感謝を。

また次の巻でお会いしましょう。

二〇二四年一月　魔石の硬さ

コミカライズ
第六話
試し読み

漫画：櫛灘ゐるゑ
原作：魔石の硬さ
キャラクター原案：柴乃櫂人

この世界に
生を受けて早4年―
悪鬼蠢《うごめ》く帝国の
皇帝として
生まれた日々を
常々後悔しながら
生きてきた
だが今の俺には
〝魔法〟という
希望がある

この力を磨いて
俺は必ず――

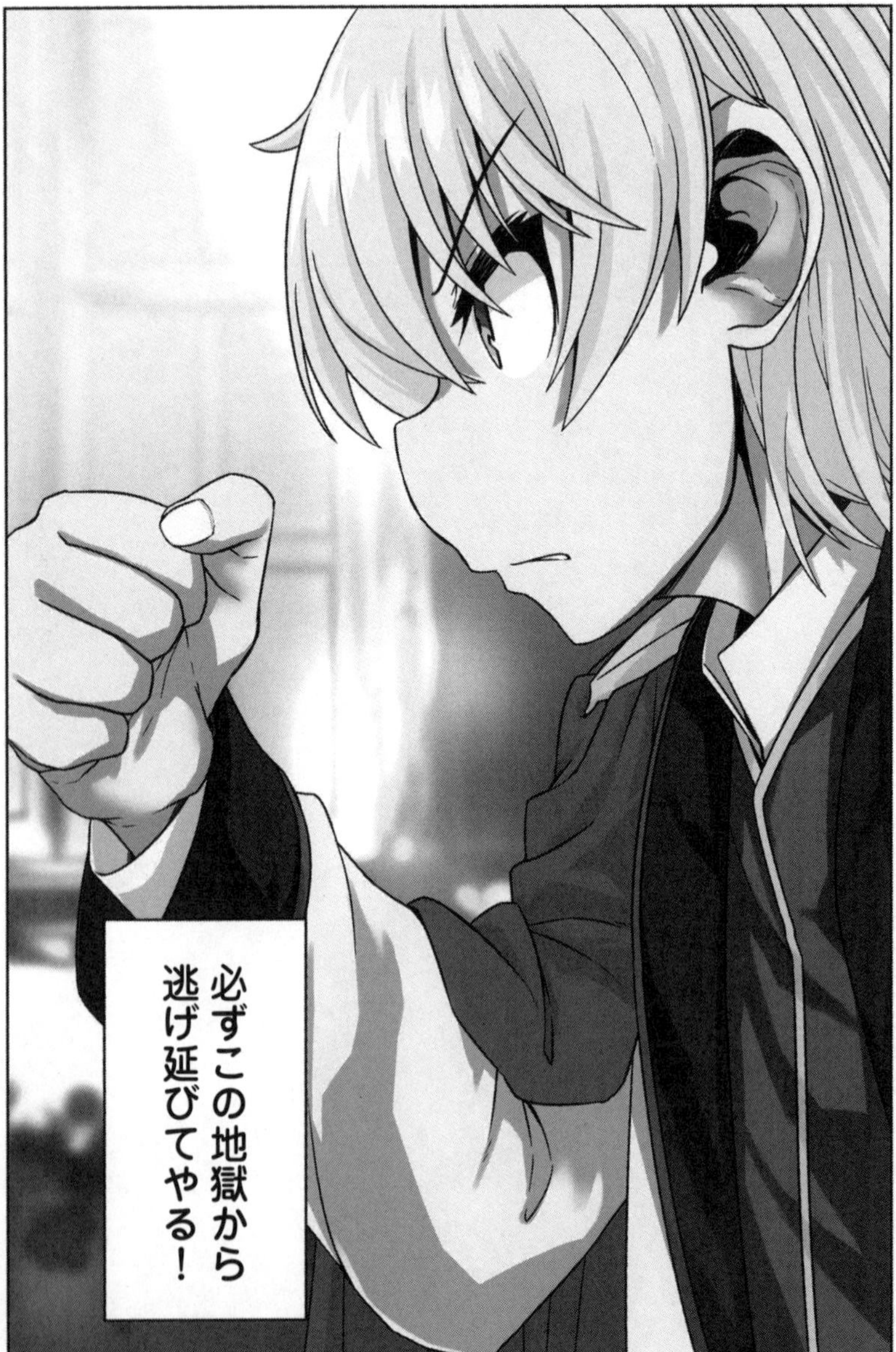
必ずこの地獄から
逃げ延びてやる！

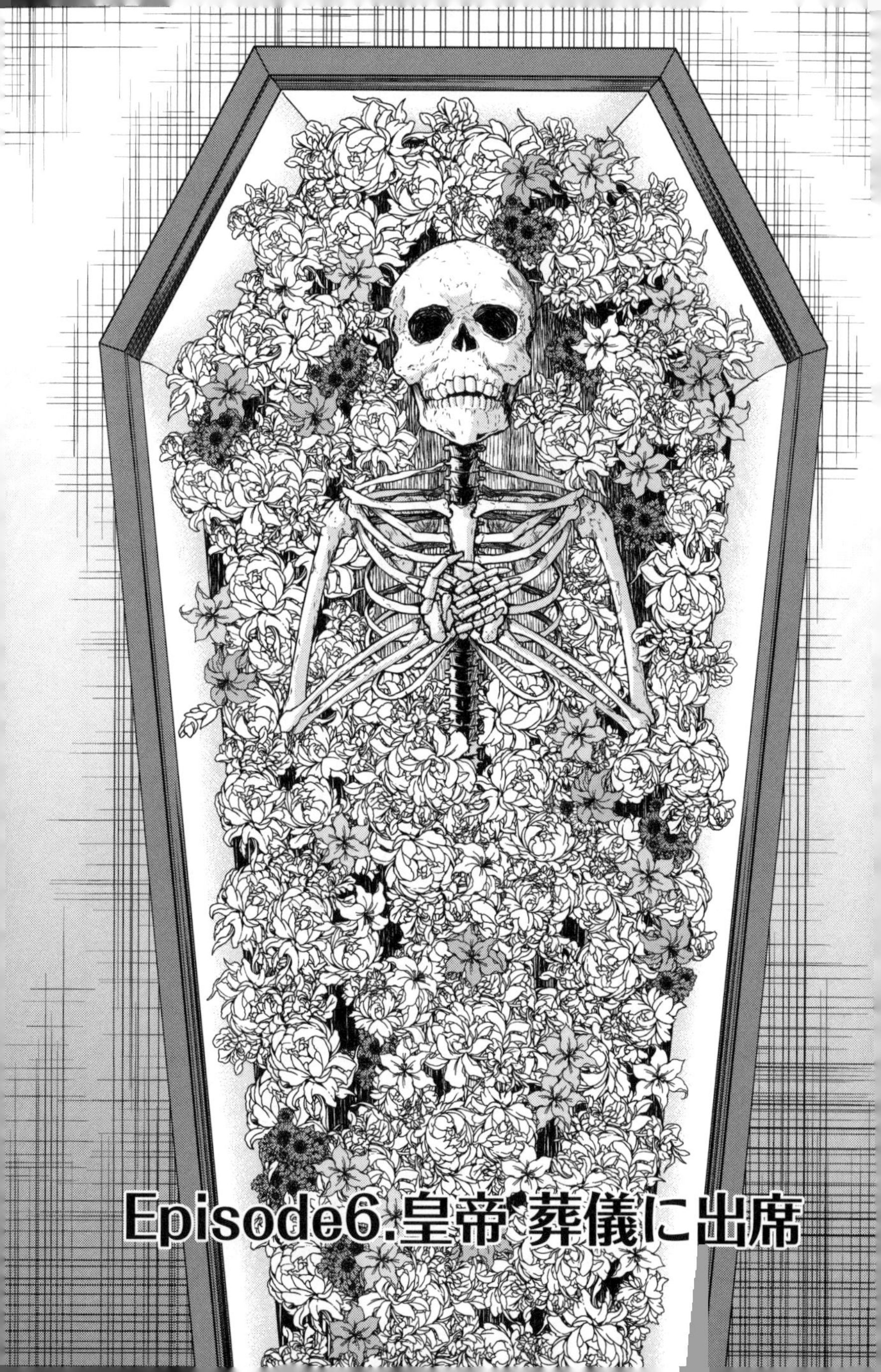
Episode6.皇帝葬儀に出席

陛下
本日の御召し物は
こちらになります
そういって侍女が
持ってきたものは
以前作ったまま
一度も袖を通して
いない礼服だった
ひとりで着替え
くらいできるが
なんだかこれにも
慣れたな
ちなみに
風呂でも
洗われる
だが今日にかぎって
礼服ってことは…

初外出ですね！
キラン
まだ幼く 皇帝という
立場のせいで
俺はこの屋敷から
一度も出たことがない
そんな俺にとって
用件がなんであれ
外出は嬉しいことだ
ヨッ
ヨッ
ヨッ
ガチャン

おお〜
これは立派な!!
これにのるの?
そうでございます
カッポ
カッポ
カッポ
カッポ

馬車って意外と揺れるんだなー
ガタ
ガタ
なんだかアトラクションみたいで楽しー
はっ
礼服といい馬車といい
まるで子どもみたいな反応してないか?
やっぱり身体の年齢に精神年齢も影響を受けているのか…?
ぽつん
ホロ…

あり得そうな話でいやだなぁ…
陛下到着いたしました
う…うむ

教会…かこれ？
ギィィィ
カッ

船と…先導者か？
特に信仰心とかない俺でもこういう場はなんか畏《かしこ》まってしまうな
あーいう悪趣味なもんがなければ…
ギラ
ギラ
俺の玉座もそうだったが
あんまり過度な装飾は好きじゃないんだよなー
それともこの国の正しいセンスってこうなのか？

くいっ くいっ
まぁセンスの話は今の俺の進退には関係ない
肝心なのは…
なにがあるの?
本日は葬儀が執り行われます
そうぎ?
はい
亡くなった方を御見送りするのです
いやそれは知ってるよ

だれ？
それは…
なんだ？宰相か式部卿でも死んだか？
大歓迎だぞ
ノルン・ド・アレマン様にございます
…誰？

陛下の
父君の御側室に
ございました
ペコ
ペコ
お久しぶりです
陛下
こいつ…
まるで自分が国の
支配者だっつー
態度だな…
まぁいい…
そくしつ？

陛下の父君
皇太子殿下が亡くなられた時皆悲しみに暮れておりました
しかし陛下の母君はふたりの側室を暗い塔に閉じ込めてしまったのです
…なるほど？
父上が亡くなった時摂政《クソババア》のお腹には子ども《俺》がいた
—でふたりの側室も同じく妊娠している可能性があった
だから幽閉したここまではわかる

だが妊娠していなかったと判明したあとも幽閉し続けた
そのうちのひとりが亡くなり葬儀をすることになったと
この場に摂政 式部卿の姿は見えない
摂政派貴族の参加はまばらだ
なるほど…つまり俺は今政治に利用されているんだな？
とすると…
お前が今望んでいる反応は

かわいそう…
しゅん…
これだろ？
ニィ
そうでございましょう
そうでございましょう

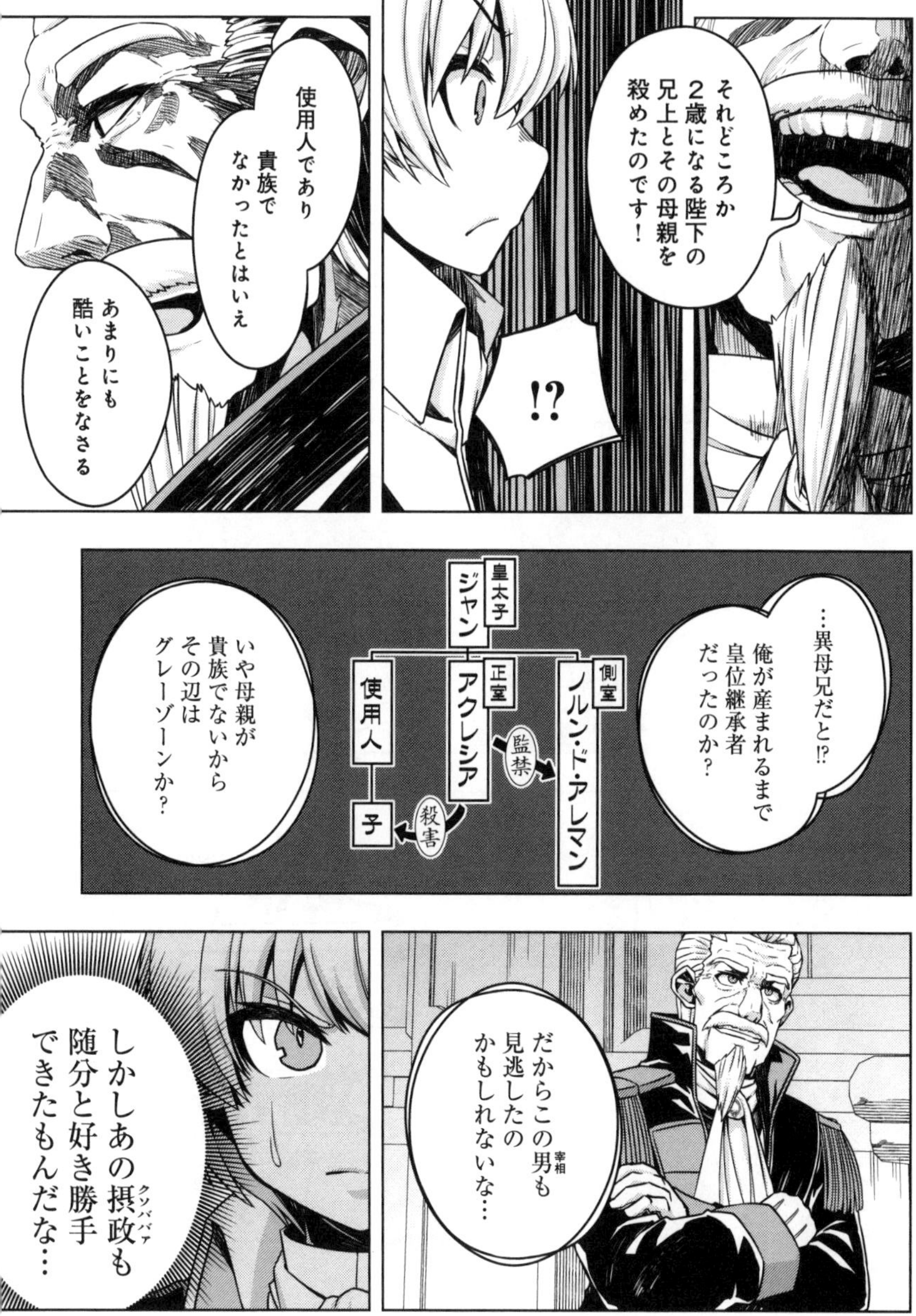
それどころか2歳になる陛下の兄上とその母親を殺めたのです！
!?
使用人であり貴族でなかったとはいえ
あまりにも酷いことをなさる
…異母兄だと⁉俺が産まれるまで皇位継承者だったのか？
皇太子
ジャン
側室
ノルン・ド・アレマン
監禁
正室
アクレシア
殺害
使用人
子
いや母親が貴族でないからその辺はグレーゾーンか？
だからこの男《宰相》も見逃したのかもしれないな…
しかしあの摂政《クソババア》も随分と好き勝手できたもんだな…

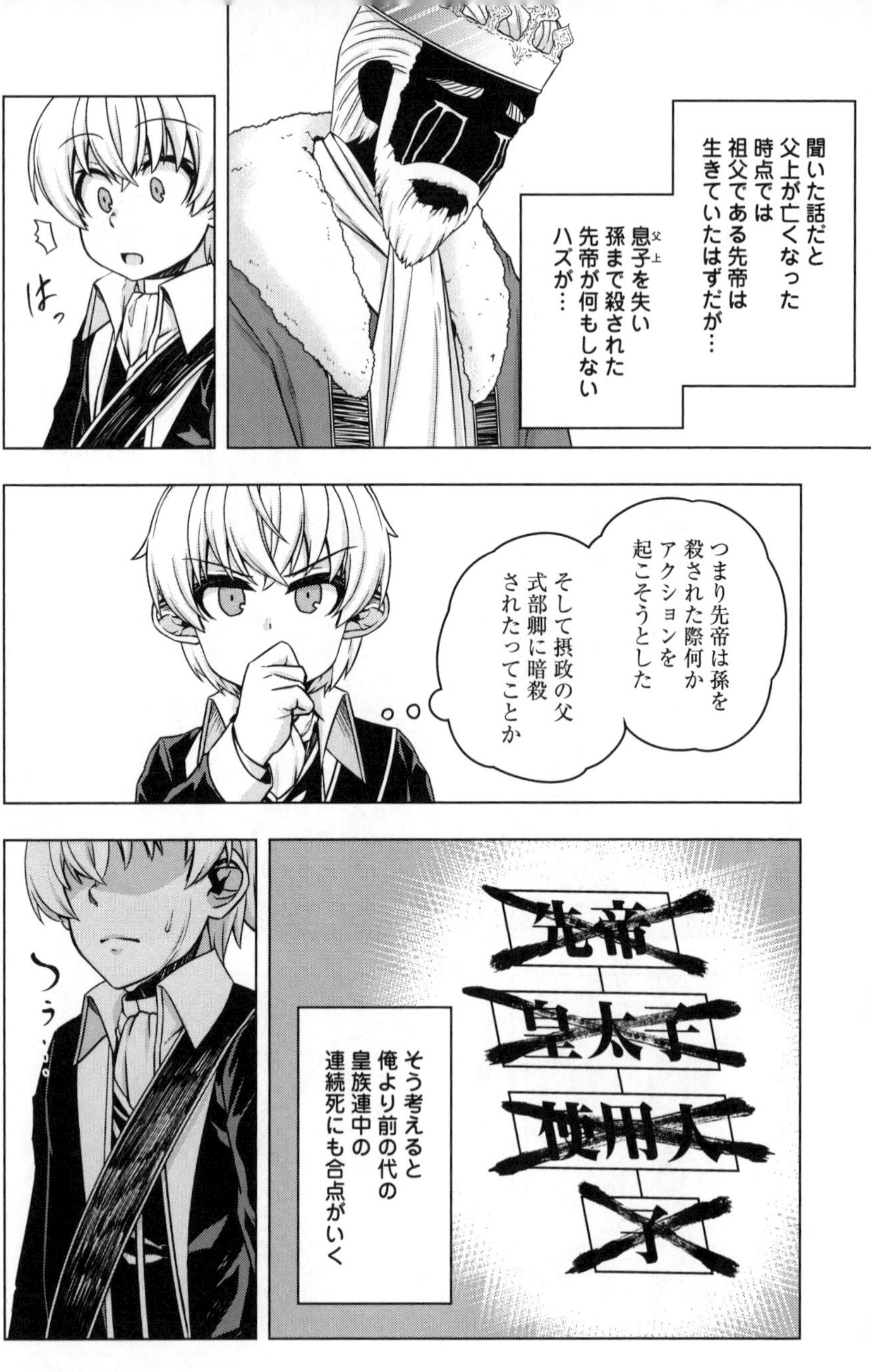

聞いた話だと
父上が亡くなった
時点では
祖父である先帝は
生きていたはずだが…
息子《父上》を失い
孫まで殺された
先帝が何もしない
ハズが…
はっ
つまり先帝は孫を
殺された際何か
アクションを
起こそうとした
そして摂政の父
式部卿に暗殺
されたってことか
先帝
皇太子
子
そう考えると
俺より前の代の
皇族連中の
連続死にも合点がいく
うぅ…

タッ
ボコ
ボコ
やはり…この宮廷で油断すれば即死あるのみか

本日式典を執り行わせていただきます
真聖大導者ゲオルグです
真聖大導者
ゲオルグ 5世
皆様どうか静粛に故人を想い送り出しましょう
こいつが…宰相の弟か

ゲオルグの
説法が始まる
どうやらこの国で
信仰されている
宗教は【聖一教】
というらしい
聖一教では
死者を送る際
無事楽園へと
迷わず
辿り着けるよう
「聖偉人」の話を
するらしい
今回は聖一教の
教祖の話のようだ
話始めた時
後ろのほうで
摂政派貴族たちが
少しざわついた
恐らくだが
教祖の話をするのは
それなりに
特別な人間が
亡くなった時なの
だろう
それこそ
国王とか
皇帝とか…な

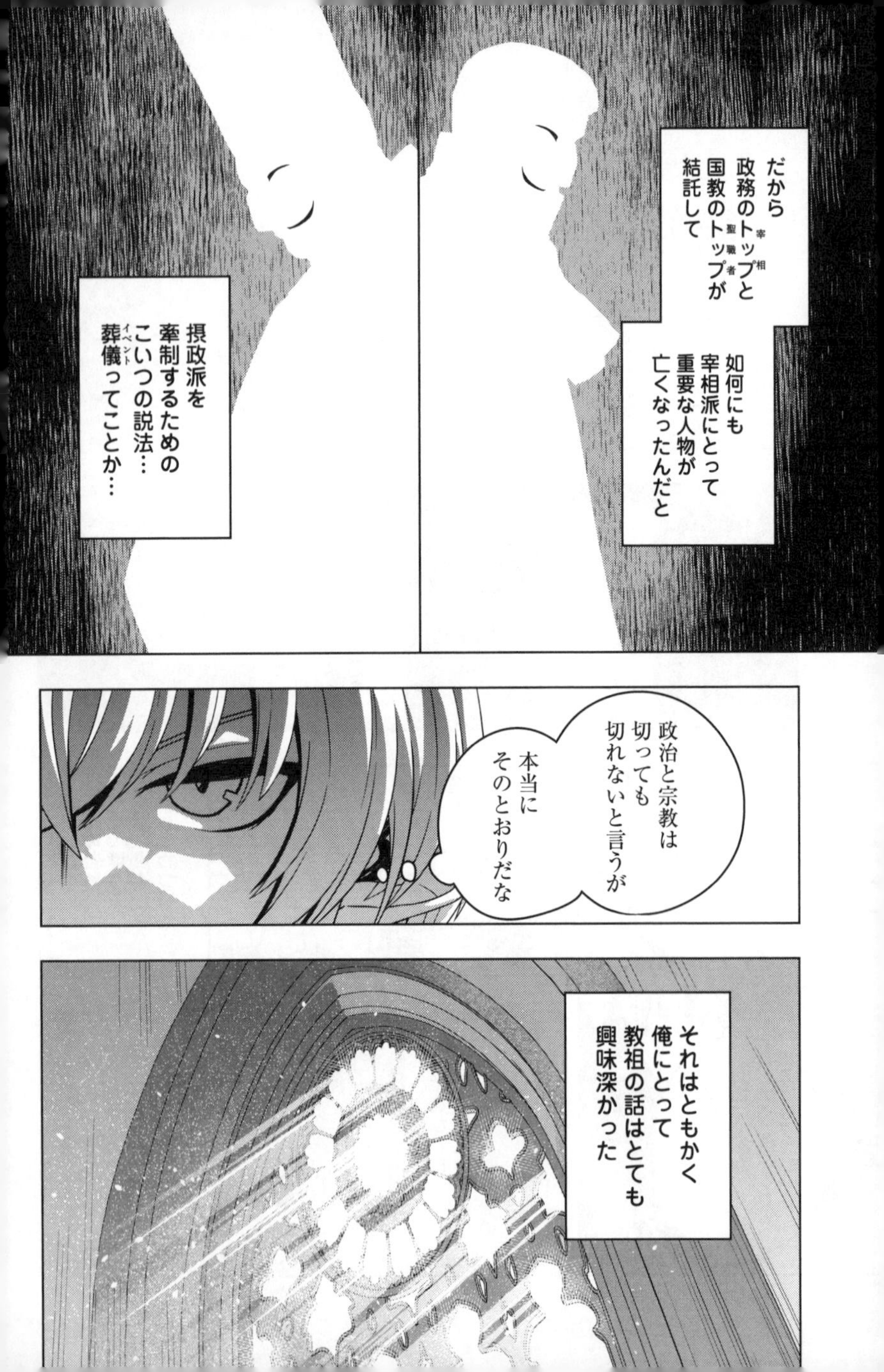
だから
政務のトップ《宰相》と
国教のトップ《聖職者》が
結託して
如何にも
宰相派にとって
重要な人物が
亡くなったんだと
摂政派を
牽制するための
こいつの説法…
葬儀《イベント》ってことか…
政治と宗教は
切っても
切れないと言うが
本当に
そのとおりだな
それはともかく
俺にとって
教祖の話はとても
興味深かった

教祖である「アイン」は隣の大陸の出身でありそこで「神の声」を聞く
だが魔法か何かだと疑ったアインはなかなかそれを信じなかった
神は幾つも「奇跡」を見せるも信じなかったのだ
故に神は「アイン」を「授聖者」とした
つまり奇跡の力を与えた
その力で多くの奇跡を起こしたアインは遂に神を信じることになる
そこでアインは神より「教え」を広め人々を導くよう言われる

言われたとおり教えを
広めようとする
「伝導者」アインだったが
激しい迫害を受ける
そこで再び
「神の声」に導かれ
僅かな信者と共に
長き船旅に出る
その中で次々と
襲い掛かる困難
しかしそれを
「奇跡の力」で
乗り越え
遂に
「約束された地」
であるこの大陸に
辿り着く
やがて教えは
広まり役割を
果たした「授聖者」は
神の元へ召された
これが聖一教の
始まりのようだ

今気付いたけど
この教会の四方の
壁にあるガラス絵
今の話に
対応してんだな
「奇跡の力」を
授かるアイン
迫害を
受けるアイン
航海
大陸に辿りつく
アインと信者たち

ほんとに俺の知ってる世界じゃないんだな…
それでは皆様彼女に最期の挨拶を―

……
あなたとは会ったこともないがきっと報われない人生だったろう…
その死すら政治利用されて…

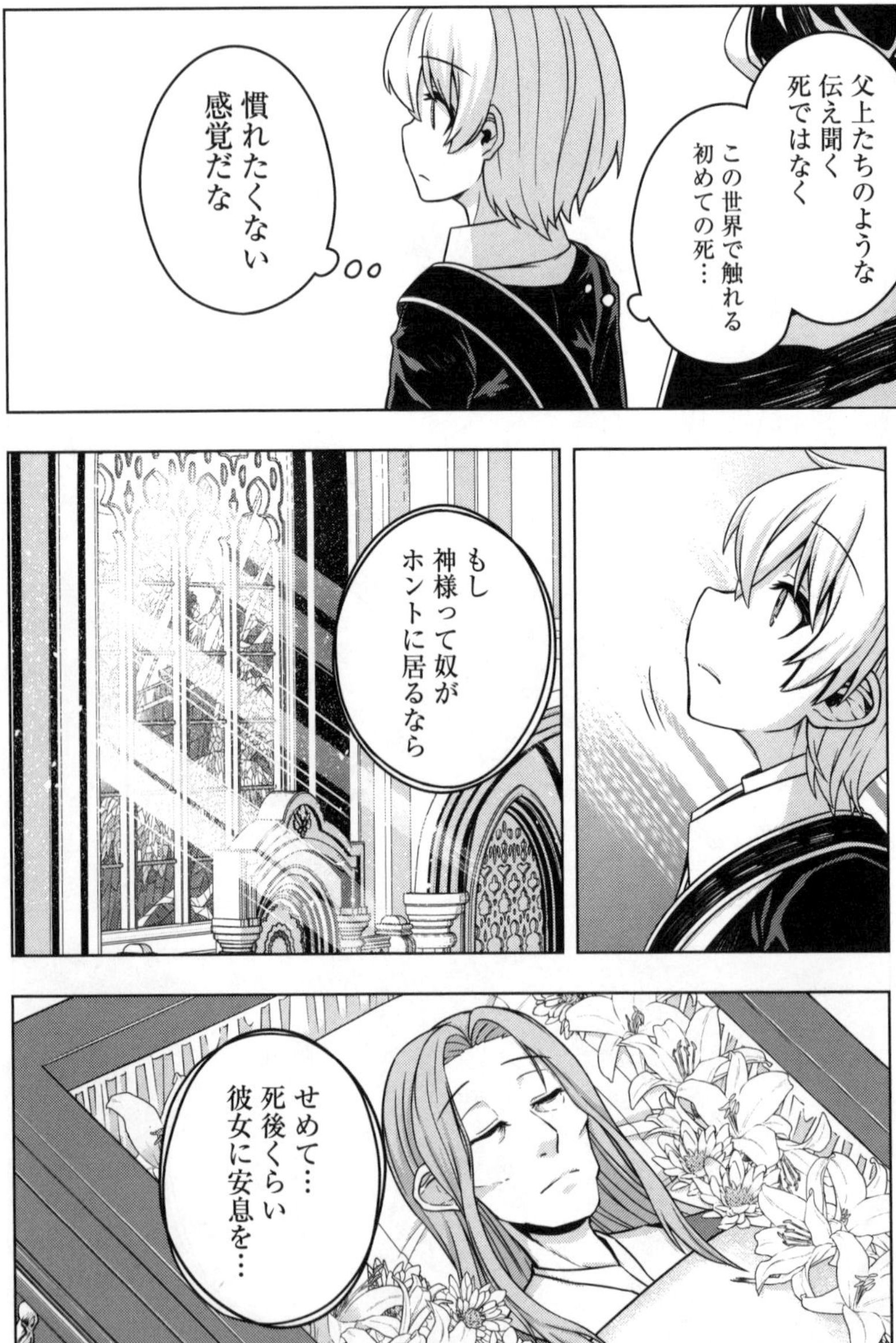
父上たちのような伝え聞く死ではなく
この世界で触れる初めての死…
慣れたくない感覚だな
もし神様って奴がホントに居るなら
せめて…死後くらい彼女に安息を…

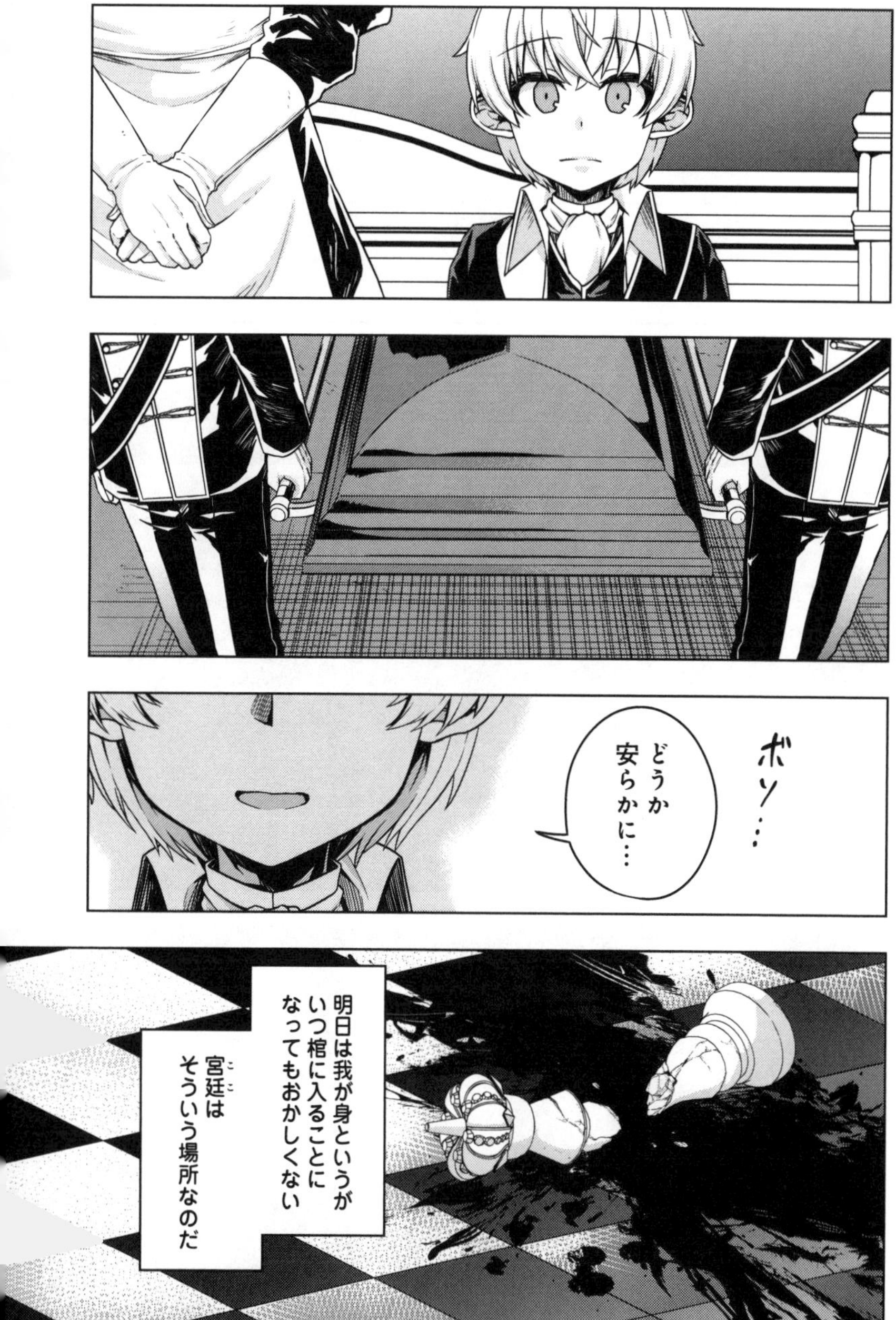
ボソ…
どうか安らかに…
明日は我が身というがいつ棺に入ることになってもおかしくない
宮廷《ここ》はそういう場所なのだ

ホント
ろくでもない場所だ—
続きは CORONA EX コロナEX にてお楽しみください!

皇帝暗殺!?
誘い込んでやっただけだ
次から次に…予想外… ※内心
小説2巻待望のオーディオブック化!
好評配信中!
▲詳しくはこちら
転生したら皇帝でした 2
TOブックス Audio Book
朗読 平川嵐 成塚衣和美 熊谷貴弘
第2巻
漫画：櫛瀬ぬるゑ
転生したら皇帝でした 3
コミックス3巻好評発売中!

転生したら皇帝でした7
〜生まれながらの皇帝はこの先生き残れるか〜

2024年4月1日　第1刷発行

著　者　**魔石の硬さ**

発行者　**本田武市**

発行所　**TOブックス**
〒150-0002
東京都渋谷区渋谷三丁目1番1号　PMO渋谷Ⅱ　11階
TEL 0120-933-772（営業フリーダイヤル）
FAX 050-3156-0508

印刷・製本　中央精版印刷株式会社

ISBN978-4-86794-121-8

Printed in Japan